ARTEMIS

Volume 7

Narrativa

Marco Trogi

L'ORCO

Editing e impaginazione: R. D. Hastur

Copertina: Davide Romanini

ISBN: 978-88-6817-062-2

Pubblicato da **Eclypsed Word**

Marchio di **Kreattiva Edizioni**
Via Primo Maggio, 416, 41019, Soliera (MO)
Tel. +39 3316113991 +39 3392494874
Cod. Fisc. 90038540366
Partita IVA 03653290365

©2017 Eclypsed Word per Associazione Culturale KREATTIVA

Collana "Artemis", 2018

"Mi chiamo Laura, avevo 19 anni quando decisi di accettare la sua amicizia.

Ogni cosa intorno a me sembrava diversa… io ero diversa.

Non mi ero mai sentita così bella, così importante.

Lui aveva per me solo parole dolcissime, parole che nessuno mi aveva mai donato prima. E che nessuno ha mai più per me pronunciato…

Mai più."

"Il Filosofo"

- Ledàaa!... Oh, Léda!

- Che voi, Beppe?

- Ti sérvino du' cipolline?

- Sì, vai!

- Vieni di và allora, pìgline quante te ne pare!

- Nòoo! Me ne bàstin' du' o tre... Lo sai no, Beppe? Son' da sola!

Capitolo 1

- Io un giorno o l'altro l'ammazzo, - borbottò Laura, nascondendo la testa sotto il cuscino. - Ogni domenica la stessa storia!

Era l'unico giorno della settimana non governato dalla sveglia, mamma e papà erano già usciti di casa e Chiara dormiva ancora.

- Se non ci fosse quel rompipalle... - pensò Laura.

Già, proprio così, se non ci fosse stato quell'inopportuno e odioso individuo, lei come minimo avrebbe tirato dritto fino a mezzogiorno. Massimo non poteva costituire problema, poiché, se non usciva per andare a giocare a calcio, avrebbe anche lui dormito fino a tardi o si sarebbe sicuramente "auto ipnotizzato" davanti alla Playstation. L'unico problema, quindi, restava sempre e solo lui: il "Filosofo".

La finestra della camera di Laura dava proprio sul campo di Beppe, il "Filosofo". Lo aveva battezzato così Mario, il padre di Laura, perché Beppe amava imbarcarsi sempre in ragionamenti e filosofie tutte sue, magari talvolta anche condivisibili, ma in ogni caso molto pittoresche. Era un uomo alto e magro, sulla settantina che bisognava dire portava piuttosto bene. Dopo aver lavorato per anni nell'edilizia adesso si godeva la pensione dedicando in pratica tutta la giornata al suo orto che, a onore del vero, coltivava con rara maestria. Di tutto il repertorio artistico di Beppe la cosa che più innervosiva Laura era soprattutto il tono e il volume della sua voce; il Filosofo, infatti, riusciva ad avere lo stesso tono di voce, forte e roboante, anche quando pensava. Studiare, quindi, estraniarsi un momento nel proprio mondo o addirittura dormire, con Beppe in circolazione a una distanza inferiore ai cento metri, diventava praticamente impossibile. Ogni domenica mattina, di conseguenza, senza nemmeno la delicatezza di attendere che scoccassero almeno le otto, lui andava inesorabilmente in scena e, se per caso non aveva nessuno con cui chiacchierare, piuttosto cantava o si lasciava andare all'esternazione di profondi monologhi esistenziali, il tutto sempre e comunque con la precisa volontà di interferire col normale e naturale corso delle abitudini dell'intera umanità.

Poi c'era Leda, l'inquilina del piano di sotto; vedova ormai da anni, con la morte del marito aveva riscosso una cospicua cifra dall'Assicurazione che l'aveva trasformata in una delle persone più stimate e corteggiate del paese. Aveva circa sessant'anni e non c'era giorno che non ricevesse la visita di qualche parente o di qualche paesano, il quale, puntualmente e ritualmente, si presentava a lei con piccoli doni, offrendo immancabilmente la propria disponibilità a prestarsi per qualsiasi favore mai lei avesse avuto bisogno, in pratica, una sorta di processione perpetua con tanto di Re Magi. Laura si era convinta che il filosofo, nonostante fosse felicemente sposato (non si sa se altrettanto lo fosse sua moglie), in qualche modo con la Leda ci provasse, se non altro per non essere da meno a tutto il resto del paese.

Era una bella domenica di febbraio, fuori l'aria era ancora fredda, Laura si coccolò al tepore delle coperte come con un caldo amante da cui era impossibile staccarsi, ma erano le nove e tanto valeva a quel punto alzarsi. Mamma e papà erano già usciti, il lavoro non concedeva loro nemmeno la domenica. Chiara dormiva ancora come un angioletto accanto a lei, con la bambina, difatti, Beppe poteva ben poco; quando la piccola diceva di dormire neanche un terremoto l'avrebbe svegliata, figurarsi quanto mai l'avrebbero potuto disturbare i suoi monologhi introspettivi.

Massimo come da copione era già sveglio; aveva per prima cosa raggiunto la cucina e, dopo essersi preparato accuratamente la sua personale colazione, vegetava come uno zombie davanti alla televisione intento e preso a consumare quel suo primo pasto mattutino, consistente in una tazza formato piscina di caffelatte e un pacco intero di biscotti dei quali, come al solito, ne sarebbero sicuramente rimaste ben poche briciole.

Laura, oramai rassegnata, scese anche lei in cucina, mise su il caffè e con rituale gesto controllò il telefonino; non c'erano messaggi. Si versò una tazzina di caffè e si sedette al tavolo della cucina con lo sguardo perso nel vuoto, in quel nulla dove avrebbe voluto volentieri far sparire per sempre quel rompi palle del Filosofo, quando il telefonino cominciò a vibrare, era Federica:

- Laura?

- Ciao, Fede'.

- Sei già sveglia? - Domandò Federica.

- Beh, se ti rispondo, te che dici?

- Mi sbaglio o ci siamo alzati un pochino di traverso stamattina?

- Commentò l'amica.

- Va beh... diciamo che non è il massimo del buongiorno, ti basta o vuoi un resoconto più dettagliato?

- No, no per l'amor di Dio, - rispose prudentemente Federica. - È sufficiente, non vorrei prendere anche io dell'aceto!

Ormai, Laura e Federica, si conoscevano fin troppo bene e avevano imparato entrambe a capire quando era il caso di girare a largo, l'una dall'altra. In fondo erano due ragazze caratterialmente molto simili, unite dagli stessi sogni e dagli stessi problemi, per loro, quindi, non era mai stato poi così difficile comprendersi.

- Vediamo se riesco a farti passare il nervoso, - disse Federica. - Ho uno scoop eccezionale!

Laura passò improvvisamente dall'inquieto torpore alla smaniosa curiosità.

- Scoop?! Dimmi, dimmi!

- Non ci crederai mai...

- Dai, ti prego, non tenermi sulle spine.

- E va bene. Ieri sera, la Stefy... ha tradito Carlo!

- Coosa?! E come fai a saperlo?

- Me l'ha detto la Cristina, però te non sai nulla, mi raccomando, non mi sputtanare. Senti, ora non posso parlare, c'è mia madre che mi ronza intorno, ci sentiamo più tardi per i particolari. Ciao, ciao! - Concluse Federica, riattaccando.

Capitolo 2

La domenica c'era sempre una certa agitazione nella trattoria dei Maffei, ma quel giorno più che mai; fremevano anche i muri: era un giorno speciale, c'era l'ultimo corso di Carnevale e Mario, da grandissimo ansioso e soprattutto pignolo qual era, non stava fermo un attimo.

Se normalmente la sua meticolosità aveva la proprietà di stuzzicare istinti omicidi a chiunque gli fosse passato vicino, in particolare, nelle grandi occasioni, tutto doveva essere più che perfetto e in ordine e, finché era la sala il centro della sua attenzione, le cose potevano andare bene ma quando la sua attenzione si spostava alla cucina, lì arrivavano i dolori.

Rosa non sopportava le sue continue verifiche e le aspre critiche ma la cosa che la faceva più di tutto andare in bestia era quando Mario cominciava ad assaggiare e a correggerle ogni pietanza. La cucina era il suo territorio e lei, da buona meridionale, non tollerava essere criticata né tantomeno essere ripresa. Era una donna forte con un carattere deciso e modi di fare piuttosto risoluti che a volte solo Mario poteva accettare e sopportare, ma erano più di vent'anni che si tolleravano e francamente non era facile capire se si erano abituati o in fondo stavano bene e si divertivano così. Sta di fatto che, Mario, l'avrebbe di certo risposata e lei, magari come al suo solito borbottando, probabilmente avrebbe fatto altrettanto. Rosa, nonostante i suoi quarantacinque anni, era ancora una bella donna; bruna, occhi neri, prosperosa al punto che Mario aveva un continuo bel da fare per difendere il suo territorio. Lui ormai non se ne preoccupava più di tanto, aveva capito che comunque la gente lo temeva e gli bastava ormai uno sguardo per calmare i bollenti spiriti del galletto di turno.

Mario Maffei aveva quarant'otto anni, robusto, pochi capelli e tanto orgoglio. Amava giocare e scherzare con tutti ma non sopportava i prepotenti, tanto meno chi osava oltrepassare quelli che lui definiva i limiti del rispetto. Era viareggino ma vivendo con Rosa aveva piuttosto ben assimilato i principi e la mentalità tipica del sud.

Mario e Rosa erano due buoni genitori, anche se entrambi avevano tempi e modi tutti loro che non sempre coincidevano: Mario accusava Rosa di essere troppo dura con i figli, mentre lei lo rimproverava del contrario. Per essi, comunque, anche se con metodi diversi, sacrificavano ogni giorno la loro vita senza nessuna concessione. Già gestire una trattoria non era di per sé molto facile: gli orari, il contatto continuo con il pubblico, avere poi tre figli rendeva le cose ancora più complicate, non solo perché tre bocche da sfamare son sempre tre bocche ma soprattutto perché, fare quel mestiere, significava avere poco tempo da dedicare loro e, come se non bastasse, i tre piezzi 'e core in questione, non perdevano mai l'occasione per rinfacciarglielo.

- Mario! Rispondi al telefono, ho le mani sporche di pesce! - Disse Rosa.

- Chi vuoi che sia a quest'ora, - rispose Mario. - Si saranno svegliati i mostri.

Infatti, era Chiara, la più piccola:

- Pronto papà? Massimo non mi fa vedere i cartoni.

- Passami Massimo, - rispose Mario.

- Non vuol venire.

- Laura dov'è? – Domandò Mario.

- Laura è al telefono... Papà! Hai finito di lavorare? Quando vieni? Laura non ha ancora fatto da mangiare e io ho fame!

- Dì a Laura di smettere di giocherellare col telefono e di fare subito da mangiare, sennò quando vengo a casa mi sente.

I Maffei vivevano a Torre del Lago e da anni gestivano una piccola trattoria a Viareggio, in Darsena. Era un'attività che li impegnava molto e soprattutto faceva condurre loro una vita troppo diversa dalle persone comuni: non c'erano feste, non esistevano domeniche, in pratica loro lavoravano quando gli altri facevano festa e viceversa. Era così oltremodo difficile coltivare delle amicizie e naturalmente questo tipo di vita, con le sue difficoltà, si rifletteva chiaramente anche sui figli, poiché, alla necessità di lavorare, era legato l'obbligo di seguirli e non lasciarli mai da soli, soprattutto Chiara e Massimo che erano i più piccoli.

Dopo deludenti esperienze con varie babysitter e in fondo anche per risparmiare, Mario e Rosa avevano così deciso di contare soltanto sulle proprie forze: organizzando dei turni, era previsto che, quando Mario e Rosa si trovavano al lavoro, Laura fosse responsabile dei suoi fratelli, mentre le volte che la ragazza avesse desiderato uscire con le amiche, Chiara e Massimo sarebbero restati in compagnia della la zia o con i genitori stessi alla trattoria.

Laura era la figlia più grande, aveva diciannove anni, una ragazza come tante e, come praticamente tutte le ragazze della sua età, sincronizzava la sua vita con il cellulare: lo portava sempre con sé e guai a chiunque provasse mai a sbirciarci dentro. Non era una brutta ragazza, ma nemmeno le si potevano attribuire particolari qualità che la potessero rendere interessante a primo acchito. Lei lo sapeva ed era forse per questo che non protestava più di tanto quando capitava di dover rinunciare a uscire per badare ai suoi fratelli, magari quando uno di loro era a letto ammalato con la febbre. Era una ragazza di media statura, i capelli lunghi, castani, leggermente mossi, fisicamente piuttosto scarsa in quelle cose che facevano girare la testa ai maschietti e in più non metteva molto impegno per provare almeno a valorizzare il poco in dotazione. Non era grassa, ma nemmeno si poteva definire magra, solo che quel poco di ciccia in più, Madre Natura gliel'aveva messa addosso nei punti più sbagliati.

Una cosa aveva particolarmente bella: lo sguardo. Incorniciati dentro a ciglia lunghissime, infatti, c'erano bellissimi occhi chiari, tra l'azzurro e il verde acqua, trasparenti, limpidi, capaci di ipnotizzare anche da dietro a quegli occhiali da secchiona, se solo lei lo avesse voluto. Peccato però che lei non lo avesse mai nemmeno provato a volerlo, neanche una volta, infatti, non era mai riuscita a guardare negli occhi un ragazzo più di due secondi.

Massimo era il fratello mezzano, aveva dodici anni e viveva anche lui in un mondo tutto suo, fatto di pane e di pallone: giocava a calcio ed era piuttosto bravino, anche se, opinione di tutti, sicuramente era molto più abile con la forchetta che con il pallone. A tal riguardo, Laura, sosteneva che, se si fosse trovata senza cibo da sola con Massimo in un'isola deserta, certamente mai e poi mai si sarebbe addormentata senza averlo prima saldamente legato.

Infine c'era Chiara, la sorellina più piccola: aveva quattro anni ed era la coccolina di tutta la famiglia, per lei non esistevano gelosie e tutti facevano a gara a chi la viziava di più.

Laura con la scuola aveva un buon rapporto, non aveva mai dato delusioni, tranne un anno scolastico perso per motivi di salute. Frequentava brillantemente l'ultimo anno del Liceo Classico, dopo il quale si sarebbe voluta iscrivere alla Facoltà di Legge all'Università di Pisa; il suo sogno era diventare un Giudice. Non altrettanto buono era il rapporto con i compagni di scuola: forse perché, essendo di un anno più piccoli, Laura li trovava così superficiali, mentre loro pensavano che lei fosse una di quelle che se la tirano, di quelle che pensano di appartenere a una specie superiore. Nessuno quindi si preoccupava più di tanto di coinvolgerla in iniziative extra-scolastiche e lei, di conseguenza, non ne faceva poi un dramma.

Laura aveva solo due amiche: Stefania e Federica, ex compagne di scuola lasciate assieme all'anno perso, con le quali trascorreva ogni attimo di libertà, anche soltanto per telefono. Peccato che Stefania fosse fidanzata; con lei sicuramente ci sarebbero state più cose interessanti da raccontare, ma c'era purtroppo meno tempo per farlo ed è così che Laura finiva per passare quasi tutto il tempo con Federica, anche lei come Laura sempre in attesa di qualcosa.

Capitolo 3

Quella domenica a Viareggio era previsto l'ultimo corso di Carnevale e questo rendeva Laura più acida del solito, lei non amava la confusione e tantomeno il Carnevale. Al contrario di tutti i viareggini per Laura quella festa non era un particolare e sentito avvenimento ma soltanto una vera e propria scocciatura, che le faceva venire ancora meno voglia di uscire di quanta normalmente già ne possedesse. Per il resto della cittadinanza, invece, il Carnevale era una cosa seria: c'erano addirittura famiglie che cucivano artigianalmente i propri costumi, mantenendo la segretezza della cosa come fosse un Affare di Stato, per poi con orgoglio sfoggiarli ai corsi domenicali o meglio ancora ai Rioni, considerati da tutti i viareggini come il vero e proprio Carnevale. Nei corsi rionali non sfilavano i grandi carri allegorici della domenica in passeggiata ma solo bande musicali, cortei di mascherate e piccoli carri, che ciascun rione presentava in una sorta di corso parallelo notturno. Una festa meno spettacolare ma sicuramente di non minore importanza e decisamente più folcloristica, dove si mangiava e si ballava al suono di piccoli complessini musicali e dove si avvertiva sicuramente in modo maggiore il sapore del Carnevale di una volta. Il corso della domenica, invece, era quello conosciuto in tutto il mondo: grandi carri allegorici di carta pesta colorata che sfilavano in un circuito delimitato dalla passeggiata e il viale a mare, in mezzo a una folla incredibile di persone e tanti, tanti coriandoli. Era dunque un avvenimento molto importante per Viareggio, una secolare tradizione che si tramandava di generazione in generazione. Il Carnevale però non finiva certo lì: c'erano i Veglioni, feste organizzate nei locali tipici della zona, c'era la Canzonetta, una tipica rappresentazione teatrale a carattere umoristico, in vernacolo viareggino, insomma, tutto un mese dove il viareggino vero e proprio, pensava solo a fare baldoria, rimandando così i suoi problemi quotidiani a dopo il Carnevale. Questa era in sostanza la filosofia del Carnevale a Viareggio. In ogni modo questa volta, con l'esca del pettegolezzo, Federica era riuscita a convincere Laura a partecipare al corso, costringendola a modificare, quindi, tutti i suoi programmi per la giornata che, come al solito, avrebbero previsto come occupazione principale nient'altro che la meditazione e il sogno. La zia sarebbe dunque passata a prendere Laura e i suoi fratelli verso le quattro e, assieme, si sarebbero recati a Viareggio dove poi, Laura, avrebbe raggiunto Federica, mentre la zia avrebbe portato i bimbi a fare un giro, naturalmente fuori dal corso, perché lei proprio non se la sentiva di portare la piccola Chiara in quella bolgia. L'unico a non trovarsi molto d'accordo sul programma fu Massimo che, invece, avrebbe preferito raggiungere gli amici ma, a dodici anni, suo padre non riteneva fosse ancora il caso di mandarlo al Carnevale da solo, figurarsi poi all'ultimo corso serale. Il ritrovo per il ritorno fu stabilito per tutti alla fine della manifestazione presso la trattoria dei genitori che, in quel particolare giorno, avrebbero fatto una sorta di unico servizio no-stop, da mattino fino a sera.

Il corso cominciò alle 17:00: Laura odiava i coriandoli e chi per forza voleva divertirsi mentre, Federica, almeno provava a far credere che si divertiva. Il motivo per cui Laura se usciva lo faceva con Federica, non era solo per il fatto che con lei se la intendesse in particolar modo, ma perché con lei accanto si sentiva meno brutta e, di conseguenza, un pochino più sicura. Difatti, se con Laura, Madre Natura era stata un po' avara, con Federica era stata decisamente stronza. Come del resto altrettanto stronza, secondo Laura, era stata la stessa Federica per averla convinta a partecipare a quell'ultimo corso di Carnevale che lei, per un pelo, era quasi riuscita anche quest'anno ad evitare. Contenta o no ormai era troppo tardi e, purtroppo, tutto sembrava presagire esattamente quello Laura s'aspettava: un gran fracasso, una bolgia di persone che spingevano o arretravano al passaggio di ogni carro allegorico, tanti coriandoli, tanto casino. Troppo, veramente troppo per Laura che oramai era quasi allo stremo. A salvarla fu quel violento acquazzone che per tutta la giornata aveva minacciato Viareggio, un vero e proprio diluvio universale, mandato giù a secchiate come a voler freddare gli spiriti e la voglia di baldoria carnevalesca di tutti i presenti. A trovare rifugio sotto la tenda della gelateria Pardini in passeggiata, saranno state una cinquantina di persone, tutte accalcate in cerca di riparo. Laura non riusciva nemmeno a respirare, i coriandoli che aveva addosso si erano tutti impastati con l'acqua. Era isterica per lo stato in cui si trovava ma nel contempo contenta, finalmente l'incubo stava per finire. Il Carnevale, difatti, stava volgendo al termine, la gente cominciava a defluire rapidamente dalla passeggiata e anche Laura e Federica s'incamminarono così verso la Darsena, in direzione della trattoria dei Maffei.

- Mamma mia come siete conciate, - disse Rosa vedendo arrivare Laura e Federica completamente zuppe di un intruglio d'acqua, coriandoli e schiuma spray. - Se almeno ti fossi portata un ricambio dietro, ora avresti potuto farti una doccia. Prendi un asciugamano, asciugati almeno la testa!

A Laura bastava niente per ammalarsi, la sua salute piuttosto cagionevole era stata da sempre un grosso problema per lei.

- Così bagnata, - commentò Mario da dietro il bancone del bar. - Stai sicura che domani ti verrà la febbre!

- Già, la febbre. Magari mi venisse, perlomeno me ne potrei stare un po' a casa da sola, per i cazzi miei, - pensò fra sé Laura, immaginando quanto avrebbe goduto se avesse potuto restarci anche quel pomeriggio.

- Anvédi quella! - Esclamò con quella sua tipica calata romanesca il Sovrintendente Rizzo, indicando una bella ragazza in minigonna.

- Siamo completamente bagnati fradici e te pensi alla figa? Oh, Rizzo! Cerca di essere serio. Sei in servizio e sei anche in divisa, dai! Piuttosto, Rizzo... lo sai che sei proprio bellino in divisa? Sei proprio un chicchìno, sembri un Pokémon, - commentò l'Ispettore Vannucci.

- Che fa, Ispettore? Prende per il culo?

- Ci mancherebbe altro, Sovrintendente Rizzo! Constato. Constato soltanto...

- Ispettore?

- Oh, che c'è?

- Ce la facciamo una pizza quando si smonta?

- Rizzo? Ma te nella testa c'hai solo topa e pastasciutta?

- Veramente io parlavo di pizza, Ispettore.

- Va bene, voglio farti una domanda, Rizzo: ammettiamo che ti abbiano assunto nei servizi segreti e che, durante una missione, ti catturino delle spie nemiche. Loro, non hanno bisogno di torturarti per farti parlare, è sufficiente che ti facciano saltare un pasto?

- Mò adesso nun esageramo, Ispetto'.

- No, io non esagero, però già ti sopporto tutto il giorno, ti devo sopportare anche a cena? Ma anche no! Nemmeno tu fossi una bella donna, dai! Comunque, stavolta vada per la pizza.

L'ispettore Luca Vannucci e il Sovrintendente Michele Rizzo erano in forza al Commissariato di Viareggio. Normalmente facevano parte del reparto investigativo ma la necessità di maggiori risorse sul territorio durante il Corso di Carnevale, li aveva portati di servizio alla porta d'accesso principale del corso mascherato, in piazza Mazzini. Pioveva come Dio la mandava e il turno per fortuna stava per finire.

- Ispettore?

- Ariòh! Che c'è, Rizzo?

- Che ora è?

- Maaa... comprarti un bell'orologino? No, eh? In ogni caso stai buono, non mi logorare. Fra un po' si smonta.

Erano le otto e venti e il Carnevale stava ormai finendo, purtroppo, a causa del maltempo, prima del previsto e senza il consueto gran finale con i fuochi d'artificio. La pioggia non cessava di tamburellare sopra i tettucci delle auto incolonnate in lunghe file, tutte alla ricerca di una via d'uscita da Viareggio. Le strade erano un pantano di coriandoli, stelle filanti e acqua. Sul volto delle persone, che a piedi cercavano disperatamente di raggiungere la propria auto parcheggiata, la stanchezza aveva preso il posto della mascherata che, oramai inutile, colava via, scivolando giù dai visi.

La zia Marzia, dopo averli fatti cenare, aveva riportato tutti a casa, una doccia e poi tutti a letto. I genitori di Laura erano ancora al lavoro, Chiara si era già addormentata, mentre Massimo lo fece poco dopo e, come al solito, davanti alla televisione.

- Finalmente, - pensò Laura salendo stancamente le scale per raggiungere camera sua. - Finalmente un po' di silenzio.

Era bastata una doccia calda per toglierle di dosso pioggia e coriandoli, ma il vociare e il baccano che per tutto il pomeriggio le sue orecchie avevano dovuto subire, quello restava ancora vivo nella testa e ci sarebbe voluto una buona dose di silenzio attorno, prima che potesse lentamente svanire.

Tutti dormivano, Laura non accese nemmeno la televisione come normalmente avrebbe fatto, raccolse gli appunti e il libro di greco, non ne aveva voglia ma doveva ripassare, martedì avrebbe avuto un compito di greco. Né il latino né il greco erano il suo punto di forza e per questo era necessario, perciò, portarsi un po' avanti. Si sdraiò sul letto rassegnata a passare sui libri almeno un'ora prima di potersi finalmente lasciare andare tra le braccia di Morfeo. Diede una rapida occhiata alle notifiche di Facebook sul suo smartphone; le solite cose, niente d'interessante. Le palpebre di Laura si stavano facendo sempre più pesanti, la stanchezza stava per sopraffarla, quando il suono della notifica messaggi del telefonino la riportò di colpo in sé...

'Andrea De Felice ti ha inviato una richiesta di amicizia.'

- Andrea De Felice?! E questo chi è? - Si chiese Laura, cliccando senza pensarci troppo sopra la finestrella della notifica e scoprendosi improvvisamente rigenerata dalla stanchezza accumulata.

- Però! Niente male... - commentò fra sé.

Stava scorrendo tutte le foto del profilo, quando all'improvviso si aprì la finestrella dei messaggi:

'Andrea De Felice: Ciao! Grazie per aver accettato la mia amicizia ☺'

La reazione di Laura fu istintiva; senza nemmeno riflettere, chiuse immediatamente la pagina del Social, gettando subito dopo lo smartphone dall'altro lato del letto. Il cuore gli batteva forte, talmente forte da sentirselo in gola. Era confusa e nel contempo delusa e arrabbiata con sé stessa, aveva reagito come una bambina, una bambina sorpresa con le dita nella marmellata. Si sentiva stupida.

- No, no, io non sono mica normale, - pensò. - Un figo della Madonna mi chiede l'amicizia, inizia a chattare con me e io che faccio? Gli chiudo la chat in faccia. Questa se la viene a sapere Fede' mi prende per il culo a vita, garantito.

Così, tiro su un grosso respiro, si fece coraggio e riprese in mano il telefonino. Riaprì, quindi, la pagina:

'Ehi! Ci sei?'

- Oddio! È ancora lì, - pensò. - Forza, Laura! Tira fuori un po' di carattere.

'Ciao!' - Scrisse tremante Laura.

'Spero di non averti disturbata...'

'No, cioè, stavo facendo delle cose.'

'Se posso chiedertelo, cosa stavi facendo?'

'Stavo studiando.'

'Santo Dio! Scusami, allora. Non sapevo. Se ti ho disturbata chiudo e se per caso ti ho infastidito, non ti chiamerò più.'

'No, non mi hai disturbata, è che domani ho una verifica piuttosto importante' - rispose Laura, completamente in preda all'agitazione.

'D'accordo. Allora, visto che domani hai un compito così importante, non voglio rubarti del tempo prezioso. Posso solo chiederti che compito hai? Di quale materia?'

'Ho una verifica di greco, martedì.'

'Ah! Greco... ma non avevi detto domani? Domani è lunedì' - la corresse il ragazzo.

'Sì, cioè, mi sembra lunedì... non ricordo. Ok, adesso devo andare, ciao. Scusami, ciao.'

'Aspetta! Aspetta! Posso scriverti mercoledì per sapere com'è andata?'

'Sì, d'accordo. Però a quest'ora, mi raccomando, non prima. Ora devo andare. Ciao' - concluse Laura, chiudendo frettolosamente la conversazione.

Il sonno e la stanchezza sparirono di colpo, Laura passò il resto della serata veramente a studiare, ma soltanto un'unica pagina e un'unica riga: nella testa c'era solo quel ragazzo, il suo nome e il suo sorriso.

- Forse ho fatto male a chiudere la chat così velocemente, - pensò. - E se non mi chiama più?

Si era fatta quasi mezzanotte e con queste domande in testa finalmente Laura si addormentò e sognò, sognò lui.

Il giorno dopo all'uscita della scuola:

- Dai, fammelo vedere! Dimmi come si chiama! - Insistette Federica.

- Sì, va bene ma calmati, - rispose Laura.

- Accidenti! È proprio un bel manzo! Andrea De Felice... è napoletano?

- Sì, è di Napoli. Adesso però basta, dai, parliamo d'altro.

- E di cos'altro di meglio vorresti parlare, Scusa?

- Dì quello che vuoi, basta che cambiamo argomento. In fondo è solo uno che mi ha chiesto l'amicizia su Facebook, punto.

- Eccola! Adesso comincia a tirarsela, -commentò con un certo disappunto, Federica. - E ora chi ci parla più con questa.

- Ma falla finita, invidiosa.

- Ah, lo vedi che te la tiri.

- Senti devo andare, oggi mi fermo a mangiare dai miei al ristorante e lo sai, se ritardo di due minuti, mio padre poi da di matto.

- Sì, sì, ho capito. Chiamami, stasera.

- Ok. Ciao Fede'!

Federica c'aveva visto giusto: anche se Laura cercava di mostrare una certa indifferenza, un altalenarsi di emozioni impregnava ogni angolo della sua anima. Era la prima volta che un ragazzo, e per di più molto bello, mostrava per lei un certo interesse, anzi, a dirla tutta, era la prima volta che un ragazzo, aveva osato oltrepassare quell'invalicabile muro dell'indifferenza che il mondo sembrava fino a quel momento nutrire nei suoi confronti, anche solo per chiederle l'amicizia su un social network.

- Ciao Laura!

- Ciao Papà.

- La mamma è in cucina?

- E dove vuoi che sia, quella strega? - Rispose Mario, intento a sparecchiare un tavolo.

- Ho capito, avete litigato di nuovo, - commentò la ragazza.

- Per forza! C'ha sempre da ridire su tutto. Guarda stamani...

- No, no! Non mi dire nulla, - lo interruppe Laura. - Lo sai, io non voglio sapere niente e non ci voglio entrare.

Rosa stava pulendo i banchi della cucina, quando Laura entrò.

- Ciao mamma!

- Ciao, patata, - rispose la donna con un sorriso. - Avrai fame, vero? Dai! Va' a posare la borsa e lavati le mani che io intanto butto la pasta. Ho preparato un sugo con le cicale di mare che è una favola.

- No, lascia perdere... non ho fame.

- Come, non hai fame? Mica starai male? - Chiese preoccupata la mamma, asciugandosi nel frattempo le mani.

- Stai tranquilla, non c'ho niente.

- Vieni qui, fammi sentire se c'hai la febbre, - disse la mamma, posando il dorso della mano sulla fronte di Laura.

- Te l'ho detto che sto bene, è solo che oggi non ho molto appetito.

- Oh mamma! Non lo capisci che vuole solo dimagrire, fa la dieta, - commentò da dietro un mega piatto di spaghetti, Massimo, seduto al piccolo tavolino di servizio, nell'angolo accanto alla cucina, dove di solito Rosa usava far mangiare i suoi ragazzi le volte che, usciti da scuola, si fermavano al ristorante.

- Riempiti la bocca di pastasciutta te, visto che è l'unica cosa che sai fare. E non rompere, coglione!

- Se io sono coglione, te sei una scimmia, brutta e puzzolente!

- Adesso basta, - li apostrofò la madre. - Si può sentire due fratelli dirsi certe cose?

Capitolo 4

Il carnevale era passato, l'aria cominciava lentamente a farsi più tiepida e tutta Viareggio si preparava a respirare il profumo della primavera. Laura non passava giorno che non sentisse Andrea. I due ragazzi, infatti, dopo appena pochi giorni dal primo contatto, si erano subito scambiati i rispettivi numeri di telefono. Lui la rassicurava, le dava coraggio, la faceva sentire quello che lei voleva, persino bella. Il ragazzo aveva trentadue anni ed era bellissimo, aveva i capelli lunghi e un sorriso che avrebbe dato serenità e coraggio a chiunque, persino a lei. Andrea le ricaricava anche il telefonino, voleva che lo chiamasse in ogni momento lei ne avesse sentito il bisogno. Di notte le chiedeva di addormentarsi con lui al telefono per poi magari risvegliarla all'improvviso, solo per mandarle un bacio o per soddisfare anche a distanza, qualsiasi fantasia lei potesse mai avere in quel momento.

- Ti ho svegliata, amore?

- No, ti aspettavo, - rispose Laura.

- Lo sai? Non riesco proprio ad addormentarmi se non sento la tua voce, - disse il ragazzo dolcemente.

- Anch'io, - continuò Laura quasi bisbigliando da sotto le lenzuola, perché nessuno la potesse sentire. - Ormai arrivo anche a sognarlo, che tu mi chiami.

- Davvero, piccolina?

- Sì.

- La tua sorellina dorme? - Chiese Andrea, con un tono che lasciava facilmente immaginare a Laura dove l'avrebbe condotta.

- Mh mh, - annuì Laura.

- Sapessi quanto vorrei essere lì in questo momento...

- Sì? E per fare cosa? – Chiese, maliziosamente e sensualmente, Laura.

- Per abbracciarti forte.

- Solo per questo?

- Certo. Cos'altro di più bello potrebbe esserci?

- Beh, non lo so. Ci potrebbero esserci altre cose che sarebbe bello fare...

- E perché sporcare un sentimento così puro?

- Se lo dici tu...

- Adesso cosa c'è, Laura? Mi sembri delusa.

- No, è che...

- Non lo riesci a capire, vero? Il vero amore è qualcosa che va ben oltre a delle semplici carezze o... al sesso. Ma è normale che tu non riesca a comprendere, sei ancora una bambina... la mia bambina.

Andrea era sicuramente un bel ragazzo, ma l'aspetto che riusciva di più a trasmetterle emozioni era la sua voce: era calda, profonda, dolce, non aveva età, non aveva sesso, come quella di un angelo. Trasmetteva una quiete nell'anima che lei non aveva mai provato prima.

- Presto ci incontreremo, vedrai, - le ripeteva sempre il ragazzo. Il suo lavoro lo impegnava tutti i giorni, lavorava sodo, faceva il carpentiere, il suo obbiettivo era riuscire a mettere da parte un po' di soldi di modo che, appena possibile, avrebbe potuto finalmente raggiungere Laura e portarla via con sé. Fino allora, però, nessuno lo avrebbe dovuto sapere perché nessuno avrebbe potuto mai capire la loro storia.

Passavano i giorni e, con ognuno che se ne andava, Andrea diventava sempre più importante: più della scuola, delle amiche, della famiglia e persino di Chiara, che Laura non riusciva nemmeno più a sopportare; addirittura era arrivata a provare persino gelosia nei confronti della sorellina, quando Andrea le chiedeva di parlarle al telefono con la bambina e con questa si metteva a giocare al gioco dei segreti, facendosi chiamare persino papà. Andrea sapeva indubbiamente farci con le donne e anche Chiara, nonostante fosse ancora una bambina, subiva inconsciamente quel misterioso fascino. Le piaceva parlare con lui, anzi a volte era proprio Chiara che chiedeva di farselo passare al telefono. A Laura tutto questo non andava proprio giù, certamente non vedeva nella sorellina una rivale, ma Andrea era "roba" sua e tale doveva restare.

Gli esami si avvicinavano, ma la cosa non sembrava preoccuparla più di tanto. Sempre più spesso, con la scusa di stare male, rimaneva a letto tutto il giorno oppure faceva finta di andare a scuola passando, invece, intere mattinate sul molo a guardare il mare, conversando al telefono con Andrea, con la testa piena di sogni, ascoltando il suo respiro, la sua voce e le sue parole dolci.

Andrea le diceva sempre che un giorno l'avrebbe rapita e portata nel suo rifugio segreto: era un posto meraviglioso, dove lui si recava sempre quando voleva restare un po' da solo, o quando desiderava parlare con lei senza che nessuno lo potesse disturbare. Diceva fosse una casetta di legno, immersa nel bosco, sulle rive di un lago: un vero e proprio paradiso che presto, lui diceva, sarebbe divenuto il loro paradiso.

Andrea era di Napoli, ma si esprimeva in un italiano pressoché perfetto e la sua voce era lievemente nasale, come se fosse raffreddato. Questo piaceva molto a Laura, le faceva venire voglia di coccolarlo. Lui le aveva mandato sul telefonino anche le foto dei propri genitori, dicendole che non vedeva l'ora di farglieli conoscere. - Sono brave persone sai. Mio padre è una Guardia Giurata e mia madre è una brava casalinga, sapessi come cucina bene, - le diceva con orgoglio il ragazzo. - Con loro si può parlare, loro non ti ammazzerebbero di botte come farebbero sicuramente i tuoi se ci scoprissero!

E fu così che un bel giorno...

- Pronto, Laura? Voglio presentarti i miei genitori. Se aspetti un momento ti passo mia madre... - Laura fu colta alla sprovvista, senza neanche il tempo di prepararsi.

- Buon giorno signurì, come state. Io sono la mamma. Andrea mi ha parlato molto bene di voi! Sono lieta di conoscervi.

- Buon... giorno, - rispose incerta, Laura, incapace di formulare qualcosa di più articolato dalla la sorpresa.

- Fate i bravi, nu' me fate stà in pensiero eh! Mò adesso mi dovete scusare ma devo proprio andare, ho la pentola sul fuoco. Le passo di nuovo Andrea.

- Aspetta Laura, - continuò Andrea. - Voglio farti parlare anche con mio padre!

- Buon giorno, sono Gennaro De Felice, il padre di Andrea. Come state? Tutto bene?

- Ssì... grazie e voi?

- Non c'è male, lavoriamo. È questo l'importante: il lavoro, vero?

- Già...

- Mi raccomando comportatevi bene. Adesso mi scusi ma sono di fretta, devo 'ì a fatica'. I miei ossequi, signurì.

- Arrivederci, - rispose di nuovo, timidamente e un po' smarrita, Laura.

- Li devi scusare Laura, i miei genitori non sono di molte parole e poi sicuramente saranno anche loro emozionati. Comunque, presto li conoscerai di persona, vedrai, si scioglieranno, dagli solo tempo, - disse Andrea, cercando in qualche modo di giustificare i propri genitori per la loro scarsa eloquenza. – Sono solo un po' imbarazzati ma non sono certamente come i tuoi genitori, loro ci tengono a noi.

- Va beh, per questo anche i miei ci tengono a me... a noi.

- A noi? – Rispose Andrea. – Perché gliene hai parlato?

- Certo che no. Sono sicura però che non avrebbero niente da ridire, - precisò Laura.

- Ne sei veramente sicura? Ma non lo vedi che loro ti usano e basta? Si servono di te per accudire tua sorella e tuo fratello.

- Ma cosa stai dicendo, Andrea?

- Sto dicendo che un padre che ci tiene a sua figlia la lascerebbe più libera di vivere, non la opprimerebbe costringendola a vivere secondo i propri orari... te l'ho detto, Laura, se gli dici qualcosa, io ti lascio!

- Ma dai, amore...

- Anche perché se tuo padre viene a sapere di noi, stai tranquilla che ci farà lasciare lui, se non fosse anche soltanto perché sono napoletano.

- Non è vero, mio padre non è razzista.

- Conosco molto bene questo tipo di persone, fidati...

Comunque, se ci tieni veramente a me, non dirgli mai niente, è per il nostro bene.

*   *   *

Trascorrevano i giorni e quel sogno continuava prepotente a dominare la vita di Laura, avvolgendola e isolandola segretamente dalla realtà quotidiana e dal mondo intero, come dentro a un'immensa bolla di sapone. I segni esteriori del suo cambiamento si erano fatti però troppo evidenti perché qualcuno non cominciasse, inevitabilmente, a notare qualcosa di diverso. I primi ad avvertire e a subire le conseguenze di questi mutamenti, furono i suoi fratelli: se prima era principalmente con Chiara che Laura condivideva i suoi tanti momenti di solitudine, adesso la sorellina rappresentava soltanto un fastidio, una bimbetta capricciosa che doveva accudire e sopportare, obbligata da una famiglia egoista che non l'aveva e non l'avrebbe mai capita. Massimo, poi, come ogni fratello più piccolo da sempre troppo curioso e inopportuno, già Laura faticava a digerirlo ma adesso, come posseduta da una nuova personalità, addirittura arrivava anche a odiarlo, come odiava tutti, come odiava suo padre solo perché esisteva, solo perché anche Andrea la pensava così. Lo stesso Mario aveva notato qualcosa che non andava ma ingenuamente aveva pensato fosse solo un po' di nervosismo, un po' di stress causato dall'incombere degli esami di maturità, senza rendersi conto del grave errore di valutazione che invece stava commettendo. Ebbe però modo di cominciare a rendersene conto, quando Chiara gli raccontò dell'altro papà...

- L'altro papà è meglio di te, lui non mi fa andare a letto presto e poi mi fa giocare. Te sei cattivo, con te non ci parlo più, ecco! - Disse un giorno la bambina a Mario, che cercava di convincerla ad andare a dormire.

- Cosa, cosa?! - Chiese Mario, fra l'incuriosito e il divertito. - Cosa sarebbe questa storia dell'altro papà? Invece dell'amico immaginario, ti sei fatta il papà immaginario? Questa è nuova.

- Sì! Io c'ho un altro papà! E lui è meglio di te! Béene! Mh! rispose la bambina, facendogli la linguaccia.

- E scusa... chi sarebbe questo papà? Si, insomma, quand'è che verrebbe qui in casa a trovarti?

- Viene quando te non ci sei. Lui telefona a Laura e lei mi ci fa parlare anche me.

Se all'inizio, Mario, poteva pensare si trattasse di un gioco, come quello dell'amico immaginario, ora si trovava costretto a chiedere qualche spiegazione a Laura ma la reazione della ragazza però fu davvero inaspettata, tanto da cogliere impreparato Mario, che non avrebbe mai pensato di sentire certe parole uscire dalla bocca di sua figlia. Stentava a credere che fosse lei: la sua bambina, colei che aveva amorevolmente per anni cresciuto come una principessa, adesso sembrava come posseduta dal Demonio. Fu una lite violenta, Laura si ostinava a negare tutto, riuscendo solo a rinfacciare e a insultare suo padre e sua madre come mai nessuno aveva fatto, come nessuno si era mai permesso.

Fu così che fra urla, pianti e minacce, per il compiacimento di tutto il vicinato, alla fine uscì quel nome: Andrea.

Per Mario fu un duro colpo, non tanto il fatto che Laura si fosse fatta il ragazzo, quanto il sapere come lo avesse conosciuto o meglio che, praticamente, non lo conoscesse affatto. Constatare che sua figlia fosse cambiata, che si fosse trasformata in un'altra persona per qualcuno che non si sapeva nemmeno se esistesse, fu per lui il segno evidente della sua più grande sconfitta: la prova tangibile del suo fallimento come padre.

Ci provò anche Rosa a parlare con Laura: se apertamente lei accusava Mario di avere poco polso con i ragazzi e di essere troppo permissivo, con Laura alla fine era sempre lei, sua madre, quella pronta a chiudere un occhio, quella disposta a capire, nascondere e perdonare a lei più che a tutti gli altri figli. Come adesso quel segreto, quella verità celata per paura che nessun altro fosse in grado di possedere quella sua infinita comprensione, quella che solo una mamma può avere. Rosa era infatti già da qualche tempo al corrente di questa relazione e dei modi in cui si svolgeva, ma non osava dire niente a Mario, sapeva che lui non lo avrebbe mai accettato, mentre il suo amore di mamma le aveva invece fatto trovare un senso e una giustificazione perfino a quell'assurda storia, pur di vedere anche sua figlia felice come tutte le altre sue coetanee. La stessa Laura, dal canto suo, non sospettava nemmeno minimamente che sua madre sapesse, ma una mamma se vuole può avere occhi più grandi e orecchie più lunghe di chiunque altro.

Nonostante però tutta la calma e tutta la sua dolcezza, anche Rosa fallì: aveva chiesto a Laura di calmarsi e di tornare a ragionare, le aveva spiegato che avere un ragazzo non comportava necessariamente trascurare la scuola, poteva benissimo portare avanti le due cose, come tutti a questo mondo. A papà ci avrebbe pensato poi lei, con un poco di pazienza e la tattica dello sfinimento, metodo che Rosa conosceva molto bene, lo avrebbe portato pian piano ad accettare i fatti e poi, quando Mario fosse riuscito a vedere con i propri occhi che non c'era niente da temere e se, Laura, ci avesse messo magari un pochino di buona volontà, calmandosi e chiedendo scusa a suo padre per quanto aveva detto, lei sarebbe sicuramente riuscita anche a fargli dimenticare tutto.

Mario, infatti, non conosceva il rancore; Mario no, ma Laura, a quanto pare, sì. - Ma rancore per che cosa? - Si chiese Rosa. Forse aveva veramente ragione Mario, non erano proprio tutte parole sue.

Mario e Rosa, decisero così di tenere chiuso la trattoria per qualche giorno, non era certo il momento migliore per farlo, la stagione stava salendo ma forse era arrivato il momento di fermarsi un attimo, era accaduto qualcosa d'importante, di grave e questo qualcosa, se non affrontato e compreso in tempo, avrebbe potuto distruggere la serenità dell'intera famiglia. Mario e Rosa si fecero un esame di coscienza, avevano trascurato quei ragazzi e caricato Laura di troppe responsabilità, era arrivato il momento di riprendere il controllo della situazione e dei propri figli.

Capitolo 5

- Oggi non andate lavorare? - Domandò Laura rivolta a sua madre, con quel tono indisponente dei peggiori ultimi giorni.

- No! Io e papà abbiamo deciso che forse era meglio restare un po'insieme, ci stiamo così poco. Non ti fa piacere?

- Obbiettivamente, no! - Rispose seccamente Laura.

- Dai, finiscila, sei sempre arrabbiata ultimamente, - insistette Rosa, cercando di sdrammatizzare. - Senti... perché oggi non andiamo tutti al ristorante? Nel senso che oggi andiamo a fare noi i clienti.

- Non ci penso nemmeno, - rispose lapidaria, Laura.

- Beh, se non ti va, allora restiamo a casa... se lo preferisci.

- Quello che preferisco è che mi lasciate un po' in pace, non c'è niente da dire o da spiegare. Il tempo per parlare è ormai scaduto, dovevate farlo prima. Pensavate forse che mi volessi far suora? - E salendo le scale aggiunse: - Se oggi non volete andare a lavorare, a me francamente m'importa una sega, fate pure, basta che non rompete le palle a me. Ecco, sì! Andate farvi una bella passeggiata con i vostri figlioletti. Dedicatevi un po' a loro, così, almeno oggi non li dovrò badare io! - Mario, che fino a quel momento aveva cercato di non metterci bocca, alla fine sbottò:

- Senti un po', signorina, ora stai veramente esagerando! Non ti permettere mai più di rivolgerti in questo modo a tua madre!

- Ah, vuoi dire che posso permettermelo solo con te? - Rispose la ragazza con un evidente tono di sfida.

- Laura non mi provocare, - replicò Mario, stringendo i pugni.

- Sennò che fai? - Ribatté Laura, questa volta anche sfottendo.

Partì dalle mani di Mario un violento schiaffo che, dall'impeto e dalla velocità impressa nel gesto, nemmeno lui forse se ne rese subito conto. Asciugandosi una lacrima, Laura, sussurrò: - Sei un padre di merda! Ha ragione Andrea, un buon padre non lascia da soli ì figlioli ricordandosene solo quando gli conviene. Salì in camera, mise alcune cose nello zainetto e scese di nuovo.

- Dove vai? - Le gridò dietro, Rosa.

- Dove non mi possiate più trovare!

Con quelle parole, Laura uscì sbattendo la porta.

Mario restò di pietra, non aveva mai alzato le mani sui suoi figli, tremava, le sue certezze stavano crollando, aveva perso il controllo di sé stesso e, cosa ancor più grave, quello di sua figlia.

*   *   *

- Ciao Luca! Sono Mario, scusa per l'orario, ti disturbo?

- Mario! No che non disturbi, te non disturbi mai, capellone. Come stai?

- Bene... cioè no, ti chiamo perché ho un problema...

- Ch'è successo Mario? - Domandò preoccupato l'amico.

- Laura... Laura è scappata di casa, - rivelò Mario, quasi vergognandosene.

- Calmati, Mario. Quando è andata via?

- Ieri mattina.

- Ascolta Mario, stai tranquillo, adesso sono di servizio, appena smonto passo da te. Dove ti trovo? Alla trattoria?

- No, sono a casa.

- Va bene, ci vediamo più tardi. Mi raccomando, stai tranquillo. Vedrai è solo una bravata. Una notte fuori di casa può solo rinfrescarle le idee, dai!

Luca Vannucci era un vecchio amico d'infanzia del Maffei. Mario e Luca avevano fatto le scuole assieme fino alle medie, poi le strade si erano divise con Luca che, entrato in Polizia, era diventato Ispettore e adesso prestava servizio presso il Commissariato di Viareggio. Puntuale come un vero amico, Luca arrivò.

- Mario! Dai, raccontami tutto.

- L'ho chiamata sul suo telefonino ma non risponde. Ho telefonato a tutte le sue amiche ma non l'hanno vista. Ho anche chiamato il Pronto Soccorso e lì, grazie a Dio, non ne sanno niente.

- Già questa è una buona cosa, dai. Comunque, bisogna aspettare almeno quarantott'ore prima di poter sporgere denuncia per scomparsa e non ci sono altri estremi che l'allontanamento volontario. Tra l'altro è maggiorenne, Mario, non puoi far molto. Questa è un'età critica, l'unica cosa che mi sento di dirti è che, quando tornerà, e vedrai che tornerà, mostrati calmo e comprensivo e cerca di convincerla a parlare, magari fatti aiutare da qualcuno... uno psicologo, per esempio.

- Uno Psicologo?! Laura non è matta! - Rispose infastidito, Mario.

- Lo, lo so. Non ho detto che è matta, non mi fraintendere, Mario. Vedi... quando Luisa ed io ci siamo separati, Sara è dovuta rimanere per un anno e mezzo in terapia. Si sentono così forti e invincibili questi ragazzini, ma alla fine son talmente fragili e insicuri che sono capaci d'affogare anche in un bicchier d'acqua.

Mario passò il resto della giornata annaspando nei dubbi e nei rimorsi, con l'amaro in bocca per quello che aveva detto Luca.

Costava ammetterlo, ma l'amico aveva ragione: aveva bisogno dell'aiuto di qualcuno, qualcuno che conoscesse la strada per entrare nella testa di questi ragazzi, così diversi da quelli dei suoi tempi, così insicuri, così imprudenti, pericolosi per loro e per chi gli voleva bene. Squillò il telefono:

- Pronto Mario! È qui con me, va tutto bene! - Era Sandrino, amico di famiglia dei Maffei.

- Dio ti ringrazio! - Esclamò con sollievo, Mario.

- Te l'avevo detto che te l'avrei ritrovata, - sottolineò con soddisfazione, Sandrino.

- Dove siete?

- Alla stazione. Abbiamo parlato ed è tutto a posto. Sta' tranquillo, dieci minuti e siamo lì da te.

Sandrino era il classico tipo che conosceva chiunque e praticamente sapeva tutto di tutti. Era molto affezionato ai Maffei soprattutto dopo che Mario l'aveva tolto da un grosso casino in cui si era infilato per una questione di soldi: in poche parole, gli aveva letteralmente salvato la vita. Da quel giorno Sandrino, come riconoscenza, considerava tutto quello di cui i Maffei potessero avere bisogno, come un dovere al di sopra di tutto.

Capitolo 6

Laura non volle rivelare dove aveva passato la notte, non volle dire nulla ma sembrava obbiettivamente più tranquilla. Forse, come previsto dall'amico Luca, la bravata le ci voleva e le era servita a rinfrescarsi un po' le idee. Passò l'intera mattinata senza rivolgere la parola a nessuno mentre, Mario, trascorse tutto il tempo giù in cantina ad armeggiare con gli attrezzi, come di solito faceva quando era particolarmente nervoso. Si era fatta quasi l'una quando Mario, dopo averci rimuginato per bene, decise di salire in casa e prendere la cosa di petto:

- Facciamo una cosa, Laura: io non voglio immischiarmi nei tuoi sentimenti, so che non ne ho nessun diritto ma te, per favore, mettiti nei miei panni, nei panni di un genitore. Io non intendo oppormi a questa storia, sia pure questa vicenda abbia avuto dei modi e dei risvolti che te sai non condivido, ma io voglio solo sapere chi è, voglio parlargli. Credo di averne diritto, no? Credo d'aver diritto di conoscere chi frequenta mia figlia, chi probabilmente un giorno diventerà mio genero, o no?

Mario aveva dovuto fare appello a tutta la sua forza e a tutto il suo amore per riuscire a mantenere la calma e assecondare qualcosa che, per principio, restava completamente al di fuori della sua naturale comprensione. Fu un grande sacrificio per lui accettare che sua figlia si fosse innamorata di qualcuno senza nemmeno sapere realmente chi fosse, ma alla fine scendere a patti gli era servito a trovare perlomeno un modo, un sentiero, una luce per arrivare a Laura, per ritrovarla in quell'assurdo buio prima che fosse troppo tardi. Tanto insistette che Laura accettò così di far parlare suo padre con Andrea, anche se a quest'ultimo, immaginando la sua contrarietà, non disse niente.

- Pronto, Laura?

- No, non è Laura. Sono Mario, il padre di Laura. Buongiorno, Andrea!

- Ah!... Buongiorno a voi signor Mario.

- Le avrà detto mia figlia che volevo parlarle?

- No, francamente no. La cosa, infatti mi sorprende un po'... In ogni modo, visto che ormai siamo qua... ditemi, signor Mario, di cosa avete bisogno?

Mario restò sorpreso, non avrebbe mai immaginato che Laura lo avesse avvertito dell'imminente telefonata. E poi, quel tono così arrogante.

- Io non ho bisogno di niente, signor Andrea. Diciamo che avrei voluto parlarle, anzi, più che parlarle, io la volevo semplicemente conoscere.

- Conoscermi?! E perché vorrebbe conoscermi, - rispose il ragazzo con un evidente tono provocatorio.

- Mi sembra sorpreso, come mai? Non trova normale che io la voglia conoscere?

- No, non sono sorpreso, - replicò Andrea, accompagnando le parole con una spavalda risata. - Prima o poi sarebbe dovuto arrivare questo momento. Comunque, sono qui, ditemi tutto, signor Mario.

- Credo di capire che fra lei e mia figlia... sì, insomma, ci sia qualcosa, - disse Mario, lottando con il crescente odio che provava per quello sconosciuto.

- Mah... direi che c'è anche molto di più. Mi sembra di capire che non parlate molto con vostra figlia.

Si stava instaurando un clima di sfida tra i due, un clima che rendeva l'aria densa e quasi irrespirabile. Ignorando la provocazione Mario tirò dritto al dunque.

- Io non ho nessuna intenzione di oppormi alla vostra, diciamo... relazione, ma a questo punto trovo opportuno e corretto, nei nostri riguardi e soprattutto nei confronti di Laura, incontrarsi... insomma, vedersi di persona. Non trova?

- Vi avrà detto Laura che io vivo e lavoro a Napoli, comprenderete che Viareggio non è proprio qui dietro l'angolo. A proposito... spero per voi non sia un problema che io sia un napoletano.

- Assolutamente no, - rispose Mario. - Anzi, frequentando mia figlia, sarete sicuramente al corrente che anche mia moglie è del sud, per la precisione calabrese... Casomai, spero che questo non lo sia per voi, un problema, - aggiunse Mario, passando anche lui al voi, ma con un tono di sfida questa volta talmente marcato da rasentare l'intimidazione. - Possiamo nel caso scendere noi a Napoli, ci prendiamo qualche giorno e facciamo una piccola vacanza.

- No! Mi dispiace ma non è possibile, - rispose in maniera perentoria, il ragazzo.

- Scusate... E perché mai non sarebbe possibile?

- Ho dei problemi, cose che ora non vi posso spiegare.

Mario cominciava a innervosirsi, la situazione ormai satura stava per esplodere. Guardò Laura pensando come lei non avesse mai potuto porsi domande o sollevare dubbi. Lui ne aveva avuti sin dal primo momento che era venuto a conoscenza dei fatti e adesso, quei dubbi, si stavano trasformando in certezze. - Questo qui non è chi dice d'essere. Ma chi è? E soprattutto, cosa vuole? - Con questi pensieri nella testa e con la pazienza ormai agli sgoccioli, Mario decise di alzare il tiro:

- Adesso mi sono stancato di giocare, voglio sapere perché non è possibile vederci!

- Non è possibile e basta! Vi dovete fidare. Adesso perdonatemi ma vi devo lasciare, devo andare a lavorare e non posso perdere altro tempo. Buona giornata signor Mario.

E, prima che Mario potesse aggiungere altro, Andrea chiuse la comunicazione.

- Ora basta, - urlò completamente fuori di sé, Mario. - Questo è troppo! Ma chi si crede d'essere questo qui?

Per prima cosa, si fece consegnare il telefonino da Laura, minacciandola questa volta di sbatterla lui fuori di casa se avesse ancora sentito quel ragazzo.

- Se te ti sei bevuta il cervello, ti comunico che io invece ce l'ho ancora tutto, - continuò Mario, guardando dritto negli occhi Laura. - Sei all'ultimo anno di Liceo e adesso ti prepari per la maturità e ti togli i grilli dalla testa. Sono stato chiaro?! Io non ti voglio proibire di avere una vita tua, ma che sia una vita normale, cazzo! Con qualcuno di normale, qualcuno che si possa vedere, che abbia le palle di farsi vedere! L'argomento è chiuso e non ne voglio più parlare! Ci siamo capiti?

Ma, nonostante tutta la forza e la determinazione che Mario caricò in quelle parole, Laura purtroppo non capì.

*   *   *

- Pronto? Ciao, sono io.

- Ti ha tolto il telefono, vero? Di chi è questo numero? - Chiese Andrea.

- Ho comprato una nuova SIM e il telefono me l'ha prestato Federica, è un vecchio telefono di suo padre, - rispose Laura.

- Perché mi hai chiamato? - Domandò il ragazzo, con un tono insolitamente distaccato.

- Come perché?! Dai, finiscila di scherzare, mi sei mancato da morire.

- Mi dispiace, ma credo che ti ci dovrai abituare d'ora in poi. Hai infranto il giuramento che avevamo fatto, mi hai tradito. La nostra storia era molto di più, era qualcosa che andava oltre il semplice amore terreno, qualcosa al di là della vita. La nostra storia era la vita. Ti ho sopravvalutata: non sei pronta. No, non sei ancora pronta.

- Andrea! Cosa stai dicendo? Amore, ti prego! Ti prego!

Laura tremava, quel castello d'amore che con lui aveva costruito, le stava improvvisamente crollando addosso, tutto cominciava a svanire. Il sogno che con tanta dolcezza e gelosia aveva per tutto questo tempo segretamente coltivato, adesso stava per finire.

- Andrea, amore! Sei arrabbiato perché ho lasciato che mio padre ti chiamasse? Non riesco a capire, ti prego.

- Lo so, adesso non capisci ma vedrai che un giorno capirai, capirai e comprenderai anche il perché tu non potrai mai appartenere a nessun altro. È scritto dentro di te, rassegnati.

- Andrea, amore! Non riesco a capire cosa vuoi dire. Farò tutto quello che mi dirai ma per favore, per favore non lasciarmi! Non lasciarmi!

- No, Laura, io non ti sto lasciando, ti sto dando un appuntamento: conta i giorni fino a che l'inizio incontrerà la fine e quel giorno vedrai, tu tornerai per sempre mia.

E con quelle parole Andrea sparì nel niente, tornando esattamente da dove era venuto. Mancavano tre giorni a Pasqua.

Capitolo 7

- Sembra quasi che tutti aspettino i giorni di festa per star male,

- pensò Mario, cercando disperatamente un pensiero scemo per distrarsi, per non pensare che sua figlia aveva appena tentato di togliersi la vita.

Le aveva salvato la vita, sì, ma in qualche modo, anche se la ragione lo scagionava, lui si sentiva sulle spalle il peso di quel gesto, la responsabilità, il fardello della colpa: era Pasqua e c'era un bel da fare nella trattoria ma nonostante ciò, inspiegabilmente, Mario sentì a un certo punto il bisogno di chiamare Laura. Lei era da sola a casa e non rispose al telefono, fu così che Mario, senza neanche dare spiegazioni, mollò tutto e corse a casa; Laura era sul letto, rannicchiata su un fianco, sembrava che dormisse.

Adesso Mario era lì, seduto in un angolo del Pronto Soccorso, con gli occhi umidi e il cuore in mano, pronto a donarlo se mai qualcuno gliel'avesse chiesto. Accanto aveva Rosa, in un orgoglioso e penoso silenzio, Mario si voltò un poco per guardarla, provò tanto amore per lei quanto non ne aveva mai provato. Socchiuse gli occhi un attimo e quando li riaprì, si guardò intorno realizzando che c'era veramente tanta gente quel giorno in ospedale e qualcuno lo conosceva pure. Provò a distrarsi concentrando la sua attenzione su queste persone: c'era la Leda, l'inquilina del piano di sotto, aveva un braccio ingessato.

- Chissà ora che processione ci sarà sotto casa, - pensò. C'era Giuliano, l'allenatore di Massimo, infine c'era l'Avvocato De Santis, un tipo alquanto losco che stava parlando animosamente con un ragazzo alto, biondo e col pizzetto. Non finì di osservare bene il ragazzo, quando dalla porta principale uscì un'infermiera:

- I signori Maffei?

- Siamo noi, - risposero quasi all'unisono Mario e Rosa, alzandosi di scatto in piedi.

- È andata bene, - disse il medico. - La ragazza è fuori pericolo.

- Dio ti ringrazio, - rispose Rosa, stretta fra le braccia del marito.

- Quando si riprenderà? - Domandò Mario.

- Adesso sta dormendo e lo farà presumibilmente fino a domani. Si tratta di intossicazione acuta da "Oppiacei" dovuta a un'assunzione in dosi massicce di "Codeina". Le è stata somministrata una terapia a base di "Naltrexone", che è un efficace antagonista degli oppiacei. Le analisi sono regolari ma verranno ripetute domani per sicurezza.

- Vuole dire che stanotte dovrà rimanere qui? - Chiese Rosa.

- Beh, sì. Come le ho detto domani dovremo ripetere le analisi e poi, per precauzione, è necessario che la ragazza resti un paio di giorni in osservazione, anche perché domani ha la visita psichiatrica.

- La visita psichiatrica? - Intervenne preoccupato Mario.

- Stia tranquillo, è un normale protocollo necessario in questi casi prima di dimetterla. - rispose il dottore.

- Posso restare stanotte... con lei? - Chiese timidamente Rosa.

- Signora... una persona potrebbe restare ma credo che invece a lei e a suo marito farebbe bene andare a casa e tornare, casomai, domattina. Mi sembrate entrambi molto provati e poi, la ragazza... come si chiama? Sì, Laura; dormirà tranquilla come un angioletto fino a domani e comunque non resterà mai da sola. Date retta a me.

Era ormai mezzanotte passata, Mario e Rosa si avviarono così verso casa, avevano entrambi dieci anni di più del giorno prima. Arrivati a casa, Rosa scese dall'auto per aprire il cancello quando in quel mentre squillò il telefonino di Laura che Mario aveva ancora con sé:

- Pronto? Chi parla? - Rispose Mario.

- Laura? - Disse una voce maschile, piuttosto roca.

- No, non sono Laura. Chi parla? Pronto? Pronto?!

Ma dall'altro lato nel telefono nessuna risposta, solo un respiro, un ansimo molto profondo.

Mario ebbe un sussulto che gli fece cadere il telefono dalle mani e quando lo raccolse, lo sconosciuto aveva riagganciato. Controllò il registro delle chiamate ma il numero risultava avere identità nascosta. Rimase immobile, seduto al volante col motore acceso, mentre Rosa gli faceva segno di muoversi. Non disse niente a sua moglie per non spaventarla ma non chiuse occhio per tutto il resto della notte.

La mattina seguente arrivò Marzia, la sorella di Mario, nella concitazione degli eventi nessuno aveva pensato di avvisarla, avevano comunque provveduto i cari paesani. Torre del Lago in fondo era un "paesone" dove ancora si riusciva a sapere tutto, di tutti e più velocemente che con Internet. Marzia era la zia più vicina a Laura ed era naturalmente informata della storia e dei suoi retroscena.

- Ma, come è possibile che Laura possa essere arrivata a fare una cosa del genere? - Chiese Marzia. - Non è che ce la spinta apposta, quest'Andrea? Voglio dire... Madonnina Santa! Ora non voglio dire che... facciamo le corna, ma ti ricordi qualche anno fa, la moglie del Dottor Bertuccelli? Fu una storia molto simile, uscì anche sul giornale...

- No, non me lo ricordo, - rispose Rosa.

- La moglie del Dottor Bertuccelli, mi sembra si chiamasse Valeria, ebbe una storia con un tipo molto più giovane di lei e per colpa di questo ragazzo si suicidò. C'era in giro la voce che ci fosse un gioco su Internet, con un cacciatore e una preda, dove il cacciatore vinceva se riusciva a portare la preda al suicidio. Non ti sembra strano questo, messo insieme a tutto il resto? - Mario, che stava apparecchiando, si fermò per ascoltare. - E anche lì, guarda caso, la moglie del Bertuccelli s'invaghì di un tizio che sembra non avesse mai visto di persona, ci parlava solo sul computer e col telefono. Solo che lei, poverina... lei finì al Camposanto.

Marzia abbassò gli occhi sull'ultima parola, rendendosi forse conto del peso della stessa.

Rosa guardò Mario, entrambi sapevano di essere finiti dentro a un incubo e non potevano certo aspettare di svegliarsi, rischiava di essere troppo tardi. Mario decise così che era il momento di parlarne seriamente con Luca.

- Effettivamente è una storia strana, - disse Luca Vannucci. - Ma, non ci sono elementi tangibili per i quali poter procedere o, almeno lavorare. Mi ricordo anch'io di quella storia, ma la signora Bertuccelli era anche nota per i suoi problemi di depressione. Quello che posso fare, ma in via informale e in nome della nostra amicizia, è controllare se questo tipo ha dei precedenti. Non ti sto a dire Mario che non potrei farlo senza denuncia ma d'altronde dimmi te: che denuncia possiamo fare? Come ti dissi l'altra volta, Laura è maggiorenne, consenziente e non si può dimostrare che qualcuno l'abbia spinta al suicidio. Ti devi levare dalla testa questi teoremi e pensare a Laura, soltanto a lei.

- Cosa credi che stia facendo?

- Sì, ma non è certo leggendo libri gialli che la puoi aiutare.

- Si vede che non è tua figlia, vai, - chiuse la conversazione, Mario, voltando le spalle e andando via.

Mario poteva pensare che all'amico non gliene fregasse nulla, ma non era vero, a Luca stavano molto a cuore, sia lui che tutta la sua famiglia e poi, effettivamente, la cosa stava in piedi, c'erano troppe analogie e, com'è purtroppo noto, la mamma degli imbecilli è sempre incinta.

Luca, a questo punto, decise a titolo personale e soprattutto senza dire niente ai Maffei di fare qualche ricerca, o perlomeno qualche verifica.

Capitolo 8

- Ti rendi conto a che punto t'ha portata? - Disse Mario.

- Forse non è il momento giusto per parlarne, non lo vedi che è ancora scossa? - Intervenne Rosa.

- No, state tranquilli, va tutto bene. Mi fa bene parlarne, invece,

- rispose, Laura, con voce flebile ma serena.

Il gesto sembrava che le avesse come ripulito di colpo gli occhi e resettato il cervello. Indubbiamente, Andrea, la sua voce, la sua presenza le mancavano, non si era mai sentita così importante e viva come in quei giorni ma cominciava anche a rendersi conto dell'assurdità di tutto, soprattutto di quel gesto che era fortunatamente fallito grazie all'intervento del suo papà, quell'uomo di fronte al quale adesso provava vergogna e che non riusciva nemmeno più a guardare negli occhi. Sapeva che suo padre l'aveva perdonata perché le voleva bene, perché lui viveva per lei, lo aveva sempre saputo, ma sarebbe mai riuscito a dimenticare? Suo padre, sarebbe mai riuscito a rimarginare quella ferita che lei così stupidamente gli aveva inferto?

- Mi hai detto che faceva il carpentiere ma, lavorando tutto il giorno, mi spieghi come poteva stare in continuazione al telefono con te? - Continuò, Mario, con il tono più dolce che lei avesse mai ascoltato. - Tu hai visto una fotografia che poteva essere di chiunque e te ne sei innamorata... ma non ti sembra un po' poco? Non ti sembra assurdo? Avrebbe potuto essere un uomo adulto come me! Magari un depravato, un maniaco sessuale. Possibile che non ti sei mai chiesta perché questo tizio, quest'Andrea, si è sempre rifiutato di farsi guardare dritto negli occhi?

Laura si alzò di scatto dal divano e abbracciò suo padre con forza, Mario fu colto di sorpresa, provò un'emozione talmente intensa che mai in vita sua aveva provato, sentì tutta la sua paura trasformarsi in amore puro, quel sentimento incontaminato ed eterno che si può provare solo verso un figlio. Mai come allora comprese in pieno quanto aveva rischiato di perdere, quanto gli stavano per rubare. Padre e figlia si dissero un'infinità di cose senza nemmeno parlare, finché a Laura non uscì un filo di voce:

- Ti voglio bene papà.

- Anch'io ti voglio bene. Ben tornata, passerotto, - rispose Mario col nodo in gola.

* * *

La primavera aveva ormai invaso ogni angolo della Versilia e più che mai casa Maffei. Laura riprendeva ogni giorno di più il controllo della sua vita, assaporando la felicità di non averla gettata via. Tutti ebbero modo di parlare, ancora e tanto, comprendendo quanto importante e bello fosse farlo. Mario le raccontò delle sue paure e anche di quella storia del gioco con il cacciatore e la preda di cui gli avevano parlato. Raccontava come se per tutto quel tempo lei non fosse stata lì mentre, Laura, ascoltava e chiedeva con la stessa curiosità di qualcuno che era mancato da lungo tempo. Rosa non avrebbe mai pensato di vedere in Mario così tanto amore per Laura, non che Mario non volesse bene a Laura, anzi, ma il fatto che in fondo non era sua figlia naturale, aveva sempre fatto temere a Rosa che alla lunga sarebbero usciti due pesi e due misure. Adesso però, vederli così insieme, felici l'uno dell'altra, aveva fatto svanire del tutto quei fantasmi. Mario e Rosa ci avevano provato a lungo ad avere un figlio ma poi alla fine dovettero rassegnarsi. - In fondo se Dio non voleva darle questa gioia era segno che un buon motivo c'era, - aveva sempre pensato Rosa, facendosene di questa filosofia una ragione. Fu Mario ad avere l'idea, Rosa ricordava ancora le sue parole: - Evidentemente lassù hanno deciso che ci sono troppi bambini in giro che non hanno avuto la fortuna di avere una famiglia e forse è proprio questo, quello che vogliono dirci. - Laura fu adottata che era molto piccola, non aveva compiuto neanche un anno. Rosa ricordava ancora l'agitazione e l'emozione che provò quando la prese in braccio per la prima volta e poi ancora la paura e l'imbarazzo di Mario, quando volle lui portarsi al petto e stringere quel piccolo passerotto. Ma la vita si sa è fatta a modo suo e, quindi, a dimostrazione che se vuole prende tutti per il culo, arrivò così Massimo. Ci passavano sette anni tra Laura e Massimo e otto, Mario e Rosa, li trascorsero a vantarsi di avere il numero ideale di figli, fin quando non arrivò Chiara, che stabilì definitivamente che il numero giusto doveva essere il tre.

- Sai papà, mentre ero in ospedale ho fatto un sogno, o meglio, non lo so se ho sognato o se è successo per davvero, comunque... a un certo punto è passato a farmi visita un ragazzo, alto, bello, chissà forse era un angelo. Mi ha chiesto come stavo e mi ha fatto una carezza.

- Un angelo? Ma, ce l'aveva le ali? - Chiese scherzosamente Mario.

- No dai, non mi prendere in giro. Aveva i capelli biondi, corti e aveva anche la barbetta... come si chiama?... Il pizzetto!

A Mario passò di colpo la voglia di scherzare, gli venne a un tratto in mente la scena al Pronto Soccorso: il ragazzo che parlava con l'Avvocato De Santis; da come Laura l'aveva descritto sembrava proprio lui.

L'Avvocato De Santis, si diceva intrallazzasse con una certa piccola malavita organizzata che operava in Versilia, se non fosse stato per questo forse Mario non gli avrebbe mai dato peso ma, i personaggi frequentati di solito dall'Avvocato, erano veramente inquietanti. Il De Santis possedeva un'impresa edile e nel contempo aveva quote associative in diversi locali notturni in Versilia. Era stato in passato accusato di favoreggiamento all'immigrazione clandestina e sfruttamento della prostituzione ma, grazie ai soliti cavilli legali, ne era ogni volta uscito pressoché pulito.

Se in questa storia c'entrava il De Santis, cosa voleva da Laura? Cosa volevano da lui? In passato, Mario, aveva avuto qualche screzio con alcuni soggetti di quel calibro ma lui, coerente col suo carattere, aveva tenuto loro testa, - Che fosse una sorta di vendetta? - Pensò Mario. Non disse niente a Laura e a nessun altro, nemmeno a Luca: gli era bastata l'ultima risposta che l'amico gli aveva dato per capire che, se c'era un problema, lo poteva unicamente risolvere da solo, come sempre.

Aprì la cassaforte, prese in mano la Beretta, vi inserì il caricatore e se la mise dietro la schiena. Era ora di uscire: c'era Massimo da portare all'allenamento.

Capitolo 9

Mancavano ormai poco meno di due mesi agli esami, non era molto per rimettersi in carreggiata ma, Laura, si sentiva in grado di riprendersi, bastava soltanto riuscire a concentrarsi un pochino di più. Rosa aveva parlato con il preside e i professori della scuola e loro si erano mostrati molto comprensivi e pienamente disponibili ad aiutare Laura.

Anche Federica, Stefania e il suo fidanzato, cercavano in qualche modo di starle vicino; non passava giorno che non trovassero una scusa per passare da casa o perlomeno per telefonarle. Le avevano persino chiesto di ricominciare a uscire il sabato sera, invito che Laura aveva timidamente declinato. Lei capiva che le avrebbe fatto bene uscire e distrarsi ma non si sentiva forse ancora abbastanza "sgombra" per riuscirvi o, magari, più semplicemente, era solo una questione di paura.

Quelle ultime parole di Andrea, Laura non le aveva mai capite, ma ne sentiva tuttavia sulle spalle lo sconosciuto e minaccioso peso. Ciò nonostante doveva farlo, era necessario dimenticare, alla fine avrebbe dovuto per forza aprire una finestra per cambiare l'aria a quella stanza nella sua testa, da troppo tempo chiusa.

Anche Mario aveva paura. Lui conosceva piuttosto bene con chi poteva avere a che fare, restava solo da capire che cosa avessero in mente. Decise così di cominciare a prendere qualche precauzione, iniziando col non perdere mai di vista i tre figli: ogni mattina li accompagnava personalmente a scuola, andando puntualmente a riprenderli all'uscita e, se per qualche motivo non poteva, incaricava il suo fidato amico, Sandrino, uomo particolarmente adatto a questo tipo di lavori.

Sandrino era infatti un tipo cresciuto per strada, faceva il "buttafuori" in un locale notturno a Torre del Lago, era una montagna di un metro e novantotto per centotrenta chili e conosceva piuttosto bene certi ambienti e certi soggetti.

Nonostante Mario si fosse fermamente opposto al fatto che sua figlia uscisse, Rosa con la sua collaudata e infallibile tecnica, era riuscita a convincerlo: sabato sera Laura sarebbe uscita con Renzo. In fondo, Mario, bisognava solo saperlo prendere e mostrargli le cose dalla giusta prospettiva e Rosa, in questo, era una vera maestra. Le era bastato, infatti, farlo sentire in colpa, costringendolo a notare semplicemente quanto poteva diventare faticoso per sua figlia dimenticare e ricominciare continuando a restare chiusa in casa affinché, Mario, dopo qualche mugugno, finisse con l'acconsentire.

Renzo Ghilarducci aveva ventisei anni, era un tecnico informatico che Mario aveva conosciuto, grazie alla sua personale e cronica incapacità di rapportarsi con qualsiasi oggetto che fosse dotato di una tecnologia più evoluta di un accendino, in pratica, un giorno sì e l'altro pure, il ragazzo era a casa dei Maffei a risolvere qualche problema sul PC, causato dalle maldestre "manacce" del capofamiglia. L'andare e venire dalla casa dei Maffei, aveva fatto nascere nel giovane una certa simpatia per Laura e adesso, lui aveva finalmente trovato l'occasione e il coraggio per invitarla a uscire. Renzo era un ragazzo grassottello e piuttosto timido, forse più di Laura, nutriva per lei una certa attrazione, ma non aveva mai trovato la forza di fare il primo passo. Era un genio al computer, ma come molti geni, scarseggiava di stile. In sostanza, non riusciva mai a dire la cosa giusta nel momento giusto o, peggio ancora, non riusciva mai a perdere l'occasione per stare zitto. Sabato sera si sarebbe, comunque, giocato il tutto per tutto.

Mario aveva dunque acconsentito, ma nemmeno lontanamente si sarebbe mai sognato di abbassare la guardia. Toccò così a Sandrino marcare stretto i due ragazzi e Mario, a proposito, fu molto chiaro:

- Il primo che si avvicina a Laura lo devi massacrare! Mi sono spiegato?

Sandrino portò con sé Franco, aveva bisogno di un appoggio per poterla tenere meglio d'occhio, anche perché, seguire qualcuno il sabato sera in Darsena, non era cosa facile.

Franco Maione, per gli amici "Veleno", era un ragazzo di vent'otto anni, di origine napoletana, belloccio, sempre tirato al massimo, faceva anche lui il buttafuori e praticava con molta convinzione la Boxe Thailandese. Era bravino, magari forse un po' esaltato, ma a parte questo era un ragazzo in gamba e, data la situazione, tutto sommato l'ideale.

Capitolo 10

Come ogni sabato sera, il Pub era stracolmo. Laura e Renzo avevano trovato un tavolo in un angolo vicino alla toilette, non era il punto più bello del locale ma era sempre meglio che restare fuori ad aspettare che si liberassero dei posti, tanto non era quello l'importante. La cosa più bella, infatti, si rese conto a un certo punto Laura, era che si stava veramente rilassando. Renzo non era il massimo della compagnia e del divertimento, ma non le importava: lei si sentiva bene e, francamente, per la prima volta non gliene fregava proprio niente di tutto e di nessuno.

Laura aveva bevuto solo un succo di frutta e sembrava già ubriaca tant'era la voglia di ridere, Renzo invece era già alla quarta birra ed era invece più "impallato" di un tossico sotto anestesia. Parlava o meglio, cercava di esprimersi ma, nonostante l'ammirevole impegno, riusciva a emettere solo suoni vagamente comprensibili, impastati e annodati fra loro come se cercasse di parlare con la bocca piena di Nutella. Se pensava che la birra lo avrebbe caricato e sciolto, si era di gran lunga sbagliato, comunque, le quattro Ceres a un certo punto a qualcosa fecero effetto: Renzo si alzò per andare al bagno. Laura rimase da sola al tavolo, i suoi pensieri andavano ora verso suo padre, lei sapeva quanto era apprensivo.

- Chissà, - pensò Laura, provando una certa tenerezza per suo padre. - Ora starà sicuramente guardando impaziente l'orologio e magari sta già telefonando a Sandrino. Vuoi che non me l'abbia messo alle calcagna?

Adesso lo capiva, chissà come mai ora riusciva a comprendere quel suo arcaico modo di pensare che tante volte aveva trovato così inopportuno ed esagerato.

- Ora lo chiamo e lo tranquillizzo!

I suoi pensieri vennero bruscamente interrotti dalla suoneria del telefonino. Sul display apparve un nome:

'ANDREA'

- Dio mio, - pensò Laura. - E ora cosa faccio? Rispondo?

Nella sua testa echeggiarono le parole di suo padre, le immagini dei suoi fratelli, l'ospedale, i medici. Subito dopo il viso di Andrea, la sua voce...

- Pronto? - rispose Laura con voce molto incerta, tremante. La voce di chi sa di fare la cosa più sbagliata, ma non sa resistere dal farla.

- Ciao Laura!

- Ciao.

- Sei molto bella stasera, lo sai? Quel vestitino azzurro ti dona parecchio.

- Sei qui? Dove sei?

- Sono molto vicino a te, io lo sono sempre.

- Perché non ti fai vedere, allora? Dove sei? - Insistette Laura, guardandosi nervosamente attorno.

- Oh, presto mi vedrai. Prima però devo fare una cosa...

- Che cosa?

- Non dovevi uscire con quel ragazzino, non dovevi e adesso sarà tutta colpa tua, soltanto colpa tua.

- Cosa vuoi dire? Andrea!... Pronto? Pronto? - Andrea aveva riattaccato. Laura rabbrividì, il suo cuore cominciò a battere veloce, davanti aveva un muro di persone che non conosceva. Non riusciva a respirare.

- Non è possibile, - pensò, continuando a cercare tra la gente. - Non può essere qui!

Cambiò posto, si sedette con le spalle alla parete continuando a guardare in tutte le direzioni, cercava la sua faccia tra la gente, fu in quel momento che sentì un urlo provenire dalla direzione dei bagni.

Ci fu una gran confusione generale, anche Laura, sia pure continuando a tenere le spalle attaccate al muro, si alzò in piedi. Davanti al bagno si era creato un capannello di curiosi che gli addetti alla sicurezza cercavano, invece, di allontanare.

- Cos'è successo? - Domandò, Laura, a una ragazza che la folla aveva spinto verso lei.

- Non lo so! Sembra che abbiano trovato un ragazzo morto nel gabinetto.

Sandrino e Franco sbucarono all'improvviso tra la gente, afferrando Laura sotto braccio. Lei non oppose resistenza, non capiva, aveva le gambe deboli, tremava.

La portarono via, prima che potesse vedere o capire qualcosa, giusto un attimo prima dell'arrivo della Polizia.

Capitolo 11

Renzo era in ginocchio, piegato sul WC, come se stesse vomitando. Dalla sua nuca colava un rigo di sangue che, scendendo lungo la schiena, colorava di rosso la camicia bianca fino alla cintura. Più in alto, sulla parete di fronte, c'era un foro nella mattonella, attorno al quale colava anche lì del sangue, mischiato ad altra materia organica.

- Il proiettile è un calibro 9x21, è stato esploso da distanza ravvicinata, un colpo singolo, preciso alla nuca, mentre la vittima era evidentemente intenta a urinare. Il proiettile ha trapassato il cranio conficcandosi nella parete. Considerando la traiettoria leggermente in discesa, deve essere stato esploso da una persona probabilmente più alta della vittima e, considerando che nessuno ha sentito lo sparo, c'è da presumere che chi ha sparato abbia usato un silenziatore. Al momento non posso essere più preciso, - concluse il funzionario della Scientifica.

Furono interrogati tutti i presenti, a cominciare da Laura che riferì della telefonata ricevuta.

Adesso le cose avevano preso una piega diversa: anche se non si poteva ancora collegare l'omicidio allo sconosciuto telefonista, ora c'era il morto e tutto quanto doveva per forza di cose essere visto sotto un'altra luce, senza tralasciare niente, nemmeno quello che prima poteva sembrare insignificante.

- Ti rendi conto di quali rischi hai corso? - Disse l'Ispettore Vannucci, rivolto a Mario.

- Che rischi avrei corso? Era meglio se la lasciavo andare da sola? O per caso è successo tutto per colpa di quei due che le ho messo dietro?

- Non lo so, so solo che ti sei messo a fare il poliziotto, senza contare che hai cominciato anche a girare armato... Rosa m'ha detto tutto, - aggiunse, il Vannucci, pensando di spiazzarlo.

- Ti dà fastidio che io abbia fatto il poliziotto al posto tuo? Almeno io c'ho provato. Se invece lo avessi fatto te il poliziotto, un po' prima, forse quel ragazzo ora sarebbe ancora vivo. - Luca incassò il colpo.

C'era sempre stata una sorta di dominanza psicologica e fisica in Mario che Luca aveva sempre silenziosamente accusato. Luca Vannucci era più alto di almeno dieci centimetri di Mario e aveva un fisico più longilineo. A calcio, Luca, si "beveva" Mario fischiettando, ma le volte che avevano litigato, e da buoni amici era successo sia a parole che con le mani, Mario aveva sempre avuto la meglio, anche se, e questo Luca lo sapeva, Mario, non gli avrebbe mai fatto veramente male, Mario gli voleva troppo bene, anzi, con Luca poteva litigarci solo lui, guai agli altri.

Nessun movente, nessuna pista da seguire se non quella di Andrea. Il raffronto con le foto sul telefonino di Laura e sul profilo di Facebook, con le informazioni e le foto ricevute dalla Questura di Napoli, era risultato positivo: Andrea e la sua famiglia esistevano per davvero e in più, il numero di telefono dal quale Laura aveva ricevuto tutte le telefonate, compresa la chiamata ricevuta al pub la sera dell'omicidio, risultava intestato ad Andrea De Felice.

- L'Ispettore Vannucci, per favore, sono la moglie.

- Un attimo, signora, vedo se è in ufficio, - rispose il centralinista.

- Vannucci, c'è tua moglie. Te la passo?

- La vuoi? Te la regalo.

- No, no! Tienitela pure. Ne ho abbastanza della mia, - replicò prontamente il centralinista.

- Passamela, dai, - disse il Vannucci, alzando gli occhi al cielo.

- Luca?

- Ciao Luisa, che c'è?

- T'ho chiamato perché Sara ha la febbre e... e non credo che questo fine settimana, potrà venire da te. - Dopo un attimo di silenzio Luca replicò:

- Ma, si può sapere perché quando tocca a me, c'è sempre qualche problema?

- Cosa stai dicendo? Che te lo faccio apposta?

- Noo! Ci mancherebbe altro. Come potresti? Te sei una santa! Sono io che sono sfigato.

- Sì! Hai ragione. Sei sfigato e pure stronzo!... Se solo avessi dato retta a mia madre.

- Già, sarebbe stato meglio, perlomeno ora saresti a rompere i coglioni a qualcun'altro! - Rispose a tono Luca. - Senti, Madre Teresa, ora c'ho da fare e poi te l'ho già detto tante volte di non chiamarmi sul numero dell'ufficio, hanno inventato i cellulari, lo sai? Salutami Sara. Ciao! - Concluse Luca, sbattendo la cornetta sul telefono.

Luca era viola dalla rabbia e, Rizzo, pensò bene che forse era venuto il momento di andare a fare qualche fotocopia. Fece per svignarsela quando il Vannucci lo fermò:

- Fermo lì, Rizzo... Notizie dalla Procura?

- Ehm... sì: il Sostituto Procuratore ha già inviato la richiesta alla Procura di Napoli, penso che non ci vorrà molto per sapere qualcosa. Piuttosto, Ispettore, c'è quella storia delle banconote false al supermercato. Bisognerebbe andare a controllare.

- Sì, hai ragione, andiamo, così passo anche in farmacia. M'ha fatto venire il mal di testa quella stronza. Ah, Rizzo! C'è da richiedere che venga messo sotto controllo il telefonino della ragazza.

- Lo faccio subito, Ispetto'.

Luisa e Luca erano sposati da dieci anni, un periodo caratterizzato fin dall'inizio da una così profonda e incolmabile incomprensione, che dopo solo cinque anni di matrimonio portò alla separazione, sostituendo all'amore lotte e diatribe varie con la figlia Sara al centro di un'eterna contesa.

Nonostante il Tribunale avesse ufficialmente riconosciuto alla madre l'affidamento della bambina e al padre l'obbligo degli alimenti, Luca e Luisa si erano accordati per una sorta di affidamento congiunto dove, Luca, avrebbe potuto tenere con sé sua figlia per un determinato numero di giorni stabilito. Regolarmente però, vuoi per un motivo o per l'altro, saltava fuori sempre qualche grave problema che impediva a Luca di beneficiare di quanto concordato e in fondo a lui spettante. Effettivamente sembrava che Luisa glielo facesse apposta, tanto che questa era ormai per Luca una sorta di regola annunciata.

C'erano così determinati giorni, che il collega Rizzo poteva benissimo prevedere con largo anticipo, nei quali il buon senso consigliava di girare al largo dall'Ispettore, bastava solo conoscere il calendario degli affidamenti per scamparla o, perlomeno, provarci.

Quel giorno però, Rizzo se la cavò con un'aspirina: il Vannucci era talmente preso dal caso che smaltì rapidamente il giramento di scatole assieme al mal di testa. Dall'interrogatorio svolto a Napoli, Andrea De Felice e i genitori, negarono di aver mai conosciuto Laura Maffei. Andrea, in particolare, negò di avere mai effettuato chiamate verso il numero di telefono della ragazza. Tutti quanti avevano fornito un alibi per l'ora dell'omicidio, soprattutto Andrea che all'ora dell'omicidio si trovava al Pronto soccorso dell'Ospedale Cardarelli di Napoli per un incidente in moto. I Verbali di Pronto Soccorso e della Stradale lo confermarono.

- Andrea De Felice, nato a Napoli il 4 agosto del 1984, professione operaio. Suo fratello, Antonio De Felice, nato a Napoli il 18 dicembre del 1977, di professione ricercatore e docente di biologia marina presso l'Università di Trieste dove vive e lavora da circa dieci anni e dove si è fatto pure una famiglia... è, infatti, sposato con due bambini. Cioè... non è che è un pedofilo-poligamo, volevo solo dire che è sposato con sua moglie e che, sempre da sua moglie ha avuto due figli... non so se mi sono spiegato, Ispettore.

- Oh Rizzo, ma stamattina sei venuto a lavorare o hai mandato la controfigura? Ho capito, non sono mica scemo! Vai avanti.

- No, è che volevo solo essere preciso... non si sa mai.

- Rizzo, il giorno che te sarai preciso, pisceranno le galline.

- Scusi, perché? Le galline non la fanno la pipì?

- Ma, che ho fatto di male, - esclamò sconsolato il Vannucci. - Lasciamo perdere, vai avanti per favore!

- E ora che ho detto? Ammazza che carattere. Va beh, dov'è che ero rimasto? Ah, sì! Pare che dal 2 aprile 2015, questo Antonio De Felice, si trovi a bordo della nave "Neptunus" dell'OGS, leggo testualmente: Istituto Nazionale di Oceanografia e di Geofisica Sperimentale di Trieste, appunto, per ricerche. Più precisamente si troverebbe a largo delle isole Falkland... Ispettore, dove sarebbero queste isole?

- Patagonia, Sud America credo o giù di lì. Comunque vai avanti, non ti fermare più, per favore.

- In fondo a destra, praticamente?

- Rizzo, non è giornata oggi, se dici ancora una bischerata ti sparo, ok?

- Stia bono Ispettore, non si alteri, era solo una domanda... in ogni caso, dove si trovi il Dottor De Felice è tutto ancora da verificare. Sembrerebbe, inoltre che, sempre il Dottor De Felice, sia un fervente attivista di Green Peace. Poi... il padre Gennaro De Felice, nato a Napoli il 10 gennaio del 1956, professione Guardia Giurata. La madre Carmela Giordano, nata a Salerno il 21 ottobre del 1959, professione casalinga. Tutti residenti, escluso il figlio più grande, Antonio, a Napoli, in via Santa Brigida, 242.

- Ora fermati e piglia fiato, Rizzo. Non ci sei abituato a parlare troppo a lungo in italiano e non vorrei che ti facesse male.

- No aspetti, Ispetto', non ho finito: i De Felice avevano anche una figlia... Anna De Felice, nata il 17 agosto del 1982 e scomparsa il 17 agosto del 1999.

- Ah, il giorno del suo compleanno... poveraccia, - commentò il Vannucci.

- Sembra si sia buttata, o non si sa se l'hanno buttata, giù da una scogliera di Procida. Il corpo non fu mai ritrovato, pare che la conformazione delle scogliere e le correnti abbiano dato una mano. Fu ritrovata solo la borsetta con pochi effetti personali e, qualche giorno dopo, una scarpa da alcuni pescatori che i genitori riconobbero come della figlia. Di tutti i membri della famiglia, risulta avere precedenti penali solo Andrea De Felice e, comunque, roba di poco conto, solo una denuncia per rissa. - concluse Rizzo.

- Ecco! Siamo a cavallo, - borbottò l'Ispettore Vannucci. - Nessun testimone e in più, quel ragazzo, quel... Renzo, non aveva nessun motivo per essere ammazzato: fuori da qualsiasi giro particolare, nessuno screzio o particolari nemici. Mah! Laura ha detto che hanno passato tutta la sera insieme senza parlare con nessun'altro... un po' poco per lavorarci sopra.

- Praticamente c'è solo questo Andrea De Felice, che sicuramente è uno scemo che ha voluto giocare con la bimba del Maffei, ma con l'alibi che c'ha lo si può solo accusare di essere appunto scemo e pure tanto, visto che per farsi le seghe al telefono ha usato il proprio numero, - disse Rizzo, ricevendo dal Vannucci un'occhiataccia che lo fece immediatamente pentire di aver parlato: per un attimo, infatti, si era scordato che stava parlando della figlia del miglior amico del suo superiore.

- Novità dalla scientifica? - Domandò il Vannucci, passando sopra alla poca delicatezza del Sovrintendente.

- A parte quello che già sapevamo, c'è la conferma che l'assassino è alto circa un metro e ottanta, ha usato un silenziatore e non ha lasciato tracce. Ah! Hanno trovato al collo della vittima, una collanina di perline di plastica colorata, come quelle dei bambini e, sembrerebbe, che prima non ce l'avesse. Bisognerà chiedere a Laura conferma. Impronte c'è ne sono quante ne vuole, basta solo capire se ci sono anche quelle dell'assassino. Ne hanno isolate e contate 96 tipi diverse, - concluse Rizzo.

- Ecco bravo! Falle passare sul database, vedi se esce qualcosa. Dalla Postale?

- La Polizia Postale ha stabilito che, dal telefono del De Felice, non è stata mai inviata nessuna chiamata o messaggio verso il numero di Laura. Per il resto, ancora niente. Stanno aspettando alcune informazioni dalla compagnia... da quelli di Facebook, insomma.

- Quindi, se le chiamate provengono dal numero di Andrea De Felice ma risultano soltanto sul telefonino di Laura, vuol dire che il numero del De Felice è stato clonato... stagli dietro, Rizzo. Stabilire se ci sono state clonazioni anche dell'account di Facebook, a questo punto diventa determinante.

-Va bene, Ispetto'.

Capitolo 12

Il confronto delle foto inviate da la questura di Napoli, di Andrea De Felice e della sua famiglia con le immagini sul telefonino di Laura e su internet, risultò positivo e la stessa Laura confermò, indicando Andrea De Felice come la persona con cui aveva avuto la relazione telefonica. Non restava, a questo punto, che comparare le voci. Su richiesta della Procura di Lucca furono richieste le registrazioni di campioni di voce di tutte le persone che avrebbero avuto modo di parlare per telefono con Laura e con Mario Maffei, in pratica di tutta la famiglia De Felice. Un confronto dal vivo poteva essere condizionato e influenzato dall'ambiente e dalle emozioni, il Sostituto Procuratore pensò, perciò, che poteva essere più attendibile se si fossero ricreate le condizioni tecniche e ambientali in cui si svolgevano realmente le conversazioni. Laura si prestò al confronto:

- Adesso, signorina, le farò ascoltare una alla volta alcune voci. Lei mi dovrà dire se le riconosce. Va bene? - Disse il tecnico della Scientifica alla ragazza, nell'occasione, visibilmente emozionata e impacciata. - Poi, la stessa cosa farò con lei, signor Maffei. Non parli fino a che non toccherà a lei, mi raccomando.

- Va bene, - rispose Mario, anch'egli piuttosto nervoso e decisamente fuori luogo.

- Mi chiamo Andrea De Felice. Sono nato il quattro agosto del millenovecentottantaquattro. Abito a Napoli, in via Santa Brigida, duecentoquarantadue.

- Ma, questo non è Andrea! No, assolutamente non è la sua voce! - Rispose Laura piuttosto agitata, quasi isterica, come se la cosa l'avesse infastidita, offesa.

- È vero! - Replicò Mario. - Non è la persona con cui ho parlato. Questo ha una voce molto più sottile, da ragazzino.

- Le avevamo detto di non intervenire finché non fosse stato interpellato, signor Maffei, - intervenne in modo di rimprovero il Dottor Vagli, Sostituto Procuratore della Repubblica, titolare delle indagini.

- Sì, ha ragione, mi scusi... ma comunque non è lui quello della telefonata.

- Sì sì, ha ragione mio padre. Non è lui, - confermò Laura.

Il Vannucci guardò il dottor Vagli che a sua volta fece un cenno di assenso.

- Quindi, mi confermate che questa non è la voce con cui avete parlato per telefono?

- No! - Risposero quasi all'unisono, Laura e Mario.

- Siete sicuri? Non volete per caso riascoltarla?

- No, non ce n'è bisogno, Sono sicura, - confermò Laura.

Sembrava tutto chiaro a quel punto, qualcuno si era spacciato per Andrea De Felice, se non fosse stato per l'esito della prova con la voce dei genitori che non fece altro che complicare le cose:

- Mi chiamo Gennaro De Felice e sono nato a Napoli il dieci gennaio del millenovecentocinquantasei. Abito a Napoli, in via Santa Brigida, duecentoquarantadue.

- Mi chiamo Carmela Giordano e sono nata a Salerno il ventuno ottobre del millenovecentocinquantanove. Abito a Napoli, in via Santa Brigida, duecentoquarantadue.

- Sono loro, sì.

- Come, sono loro, - domandò visibilmente perplesso, il Dottor Vagli. - Ne è sicura, signorina? Non vuole riascoltare?

- No, no, questi sono loro: sono i genitori, quelli insomma con cui ho parlato.

- Ma, come è possibile che non riconosci Andrea De Felice e, invece, riconosci senza ombra di dubbio i genitori? - Intervenne l'Ispettore Vannucci.

- Non lo so. So soltanto che quelle sono le voci delle persone che mi ha presentato Andrea... sono particolari, inconfondibili. Non li sente? Lo sente il timbro, l'intercalare. Difficilmente potrebbero essere dimenticate. Come difficilmente potrebbe essere dimenticata la voce di Andrea, il vero Andrea... ma a quanto pare voi non potete sapere...

*   *   *

- Bene, ora non lo possiamo nemmeno accusare di essere scemo, - disse visibilmente deluso il Vannucci. - Non ci sono elementi per perseguire Andrea De Felice, né per le molestie, né per l'omicidio di Renzo Ghilarducci. Ma i genitori che cazzo c'entrano? Va bene che, come ha detto il Dottor Vagli, Laura potrebbe anche essersi sbagliata... mah! Rizzo, a proposito della telefonata ricevuta da Mario la sera che Laura è stata portata in ospedale, hai controllato i tabulati?

- Sì e risulta fatta da una cabina telefonica a Pisa, per la precisione, da Migliarino.

- E per il profilo di Facebook?

- L'account del De Felice non è stato clonato, ma risultano le tracce delle conversazioni, cioè, dei messaggi. Quindi, è stato realmente utilizzato l'account originale del De Felice e poi cancellato ogni traccia delle chat. La riprova è che sull'account della ragazza risultino ancora visibili. Comunque, a giorni il rapporto completo. Così mi è stato detto.

- Per caso, Rizzo, ti risulta che in quello scambio di messaggi ci sia anche materiale porno, immagini o cos'altro?

- No, Ispetto'. Solo conversazioni e immagini della ragazza, ma normali: niente di particolarmente... diciamo spinto, via.

- Mm... non ti sembra strano, Rizzo?

- No, cioè, non lo so. Non riesco a capire dove vuole arrivare, Ispetto'.

- Di solito i casi di questo tipo, pervertiti che agganciano ragazzine sui social network, psicopatici e roba varia, hanno come elemento in comune l'accaparramento di immagini intime della vittima, della preda, via... lui no.

- Effettivamente, vista sotto questa luce... - commentò Rizzo.

- Vado a prendere un caffè, Rizzo. Ho bisogno di pensare.

- Questo telefonista fantasma rimane praticamente l'unico indiziato, - pensò il Vannucci, percorrendo il corridoio che conduceva al distributore automatico delle bevande. - Non sembra particolarmente interessato al sesso, dunque, non è il solito molestatore o, perlomeno, esce parecchio dagli schemi tipici. Si fa chiamare Andrea De Felice ma non è Andrea De Felice... se poi Laura avesse ragione quando dice di riconoscere i genitori, questa identità non è stata scelta a caso. Ma poi, alla fin fine i genitori, in qualsiasi disegno criminale ipotizzabile, che cosa c'entrerebbero? Perché ammazzare il ragazzo? Gelosia? Pazzia? Scelto a caso? Resta il fatto che, una persona che uccide qualcuno, lo si può definire assassino, ma se per caso Laura avesse ragione, se in questa storia c'entrassero veramente anche i genitori, allora questa sarebbe da definirsi un'organizzazione.

La teoria del macabro gioco del cacciatore e della preda, l'aveva già verificata. C'erano stati effettivamente casi analoghi un po' in tutta Italia, ma ogni indagine intrapresa non era approdata a nulla. Addirittura si era formulata anche l'ipotesi di una setta religiosa, ma la cosa era finita lì.

- E se fosse questa la pista giusta, - continuò a pensare l'Ispettore. - Allora i De Felice potrebbero essere tutti d'accordo e si sarebbero, inoltre, serviti dell'aiuto di un complice esterno, dotato di una voce "suadente", armato di una pistola calibro nove millimetri e, magari, non necessariamente giù a Napoli, ma qui a Viareggio. Usare poi un numero di telefono intestato a uno di loro potrebbe essere una sorta di tagliando necessario per riscuotere il montepremi in caso di vincita, una regola obbligatoria del gioco per attestarne la partecipazione. E l'obbiettivo del gioco? Spaventare, plagiare, soggiogare una ragazza fino a farla impazzire e portarla al suicidio. Certo che deve essere alta la posta in gioco per giustificare certi mezzi.

Restava comunque ancora da verificare la voce del fratello Antonio, ma finché lo stesso non avesse fatto ritorno in terra ferma, questo non sarebbe stato possibile, o perlomeno attendibile.

- Rizzo, - urlò il Vannucci dal fondo del corridoio. - Vieni anche te, dai! Andiamo a far colazione al Baretto!

Capitolo 13

Era una bella mattina di maggio, il sole era caldo, una piacevole anteprima dell'estate. Guardando tre ragazzi in pantaloncini e ciabatte con tanto di rastrello in spalla, diretti verso la spiaggia davanti a piazza Mazzini, Luca pensò che avrebbe rinunciato anche a sei mesi di stipendio pur di poter andare anche lui a raccogliere arselle, invece di restare lì, in fila, a bollire dal caldo in macchina.

Aveva appuntamento col Dottor Bertuccelli per mezzogiorno nel suo studio al Marco Polo, l'aveva chiamato la sera prima, voleva qualche informazione sulle motivazioni che avevano spinto sua moglie al suicidio. Quella era la parte del suo lavoro che odiava di più: parlare con i vivi dei loro morti.

Il Dottor Emilio Bertuccelli era un noto chirurgo, rimasto involontariamente al centro di una brutta vicenda nei primi anni novanta, con la morte per suicidio della moglie Eleonora, dopo una presunta relazione con una persona, la cui identità non fu mai veramente accertata. Si dice che nemmeno la signora Bertuccelli avesse mai visto realmente dal vivo questa persona: la relazione, infatti, da quanto sostenuto sempre dal marito, si svolse esclusivamente e solo per telefono, una relazione al "buio", che, sempre da dichiarazioni del Dottor Bertuccelli, portò la moglie all'inspiegabile gesto estremo. Il professionista indicò sempre questa persona come unico responsabile della tragedia, ma le indagini e le ricerche fatte non portarono mai all'identificazione dello sconosciuto, né fu possibile attribuirgli alcuna responsabilità, arrivando così all'archiviazione del caso come semplice suicidio. Il Dottor Bertuccelli, che fino allora era stato un brillante medico, Primario di Chirurgia all'Ospedale Santa Chiara di Pisa, subì dalla vicenda un pesante tracollo psicofisico che lo tenne a lungo lontano dalla professione, quanto bastò a fargli perdere fama e notorietà.

- Dottore, buongiorno!

- Ispettore è un piacere vederla, a cosa devo l'onore della visita?

- Ecco ora viene il bello, - pensò il Vannucci.

- Avrei bisogno di farle, purtroppo, qualche domanda sulla scomparsa di sua moglie.

- E come mai? Se posso permettermi di chiederlo, Ispettore, in fondo è stato solo un suicidio, lo avevate detto anche voi, no? Come mai adesso la Polizia mostra nuovo interesse per la cosa?

- Il caso non l'avevo seguito io, ma se non ricordo male, lei sostenne che c'erano delle responsabilità da parte di quella persona, per altro mai identificata, che aveva intrecciato una relazione per telefono con sua moglie.

- Cos'è? È morto qualcun altro? - Chiese il Dottor Bertuccelli.

Il Vannucci schivò la domanda, proseguendo nel suo interrogatorio:

- Ho a che fare con un caso che, per certi versi, mostra diverse analogie con la metodologia relazionale con la quale quello sconosciuto, diciamo... catturò sua moglie.

- Tutto quello che avevo da dire lo dissi allora. Chiesi anche aiuto, ma per tutta risposta ricevetti solo delle prese per il culo! Mi perdoni il termine.

- Non si preoccupi.

- Mia moglie non aveva solo perso la testa per quell'individuo, lui l'aveva plagiata; era come se lei avesse perso il senso della ragione: non la faceva dormire, la notte la svegliava in continuazione...

- Ecco, appunto, questa è una delle cose che volevo sapere, - pensò il Vannucci.

- Ma lo sa che queste sono tecniche di tortura usate dai militari per cancellare ogni forma di resistenza ai prigionieri? Difatti, mia moglie aveva perso la sua volontà, la sua identità.

- Capisco, - annuì il Vannucci. - Un'ultima domanda, Dottore: sa dirmi se questo individuo usasse minacciare sua moglie di lasciarla, o meglio, usava la tecnica del ricatto per indurla a tacere della relazione con tutti?

- Le confesso una cosa Ispettore, lo so: non è legale, ma all'epoca registrai a loro insaputa alcune conversazioni fra Eleonora e quel bastardo; lui faceva sempre questo gioco, mia moglie passava continuamente dalla serenità alla disperazione proprio grazie a questi giochetti, finché... - s'interruppe, lasciando la frase incompleta.

- Quelle registrazioni le conserva ancora?

- No, quando è morta Eleonora ho distrutto tutto... capisce?

- Capisco, Dottor Bertuccelli, capisco e stia tranquillo, noi non ci siamo mai detti niente. Tolgo il disturbo, Dottore. La ringrazio per il tempo che mi ha dedicato.

- Non è stato un disturbo Ispettore, è stato solo un po'... diciamo, un po' doloroso ricordare.

- Comprendo, Dottore. Grazie e buona giornata!

- Grazie a lei, Ispettore, per il lavoro che sta facendo.

Il Vannucci stava per uscire quando il medico lo chiamò.

- Ispettore!

- Sì?

- Per favore... prenda quel bastardo.

- Stia tranquillo Dottore, stia tranquillo. Arrivederci.

Capitolo 14

- Buongiorno signor Mario, - esordì Fiore. - Come va la vita?

- Buon giorno, Fiore, - rispose il Maffei, con un sorriso di plastica, quelli di pura cortesia.

- Passavo di qua e mi sono detto: quasi quasi vado a fare visita al signor Mario. È un po' che non ci vediamo, vero signor Mario?

- Già, è un bel po', - rispose Mario, per niente contento della visita.

Mario non solo non aveva mai digerito Vincenzo Fiore, ma viste le sue frequentazioni, ci teneva in particolar modo a che restasse il più lontano possibile da lui e dalla sua attività.

Fiore era un ragazzotto di origine napoletana di circa venticinque anni, con i modi di fare tipici del "guappino". Aveva in passato lavorato come cameriere anche per lui, per fortuna solo tre mesi, giusto il tempo di una stagione. Era il classico "sapientone" che sapeva di tutto e di tutti, sempre pronto a dispensare consigli.

- La famiglia come sta, signor Mario?

- Bene, tutti bene, grazie.

- E i bambini come stanno? Saranno cresciuti...

- Eh, appunto, loro crescono e noi s'invecchia... comunque, stanno tutti bene.

- Già, ma li lascia sempre da soli a casa, la sera?

La domanda gelò Mario. D'accordo che Fiore fosse una persona che amava molto impicciarsi dei fatti degli altri, ma Mario non gli aveva mai concesso abbastanza confidenza da permettergli di venire a conoscenza di certi dettagli della sua vita privata e in più, quella frase, buttata lì senza troppi preamboli, aveva un suono parecchio sinistro.

Gli venne in mente il casuale incontro con l'Avvocato De Santis al Pronto Soccorso, il ragazzo che parlava con lui, il racconto di Laura e, nemmeno a farlo apposta Fiore era amico stretto dell'Avvocato. Mario lo congedò in maniera sbrigativa con la scusa di avere da fare e telefonò subito al suo amico Luca.

- Quindi, vuoi dire che potrebbe esserci dietro un tentativo di estorsione? Il bersaglio non sarebbe Laura, ma te? - Domandò Luca, dopo avere ascoltato attentamente il racconto di Mario.

Non polemizzò sul fatto che gliene avesse parlato solo adesso, non ne aveva voglia, aveva già discusso abbastanza con il suo amico e non gli pareva il caso.

- Non lo so, - rispose Mario, dal canto suo sorpreso e incoraggiato che Luca non lo avesse rimproverato. - Tu immagina di portare un padre al punto di dire: quanto volete per lasciare in pace mia figlia? Una sorta di estorsione volontaria. Però, allo stesso tempo, tutto questo casino solo per chiedere dei soldi a un commerciante che riesce a malapena ad arrivare a fine mese? Te lo sai, Luca, sei di casa e di questi tempi... insomma, è veramente magra!

- Ma, il tuo locale quanto potrebbe valere? - Lo interruppe Luca, mostrandosi per la prima volta sulla stessa lunghezza d'onda di Mario.

- Boh! Almeno trecentomila.

- Avrebbero cercato di plagiare Laura e, non riuscendoci, sarebbero passati così alle maniere forti, all'omicidio, - pose la questione Luca. - Mh. La cosa potrebbe stare in piedi, ma non mi convince molto il fatto che possano essere arrivati a usare certi mezzi. Questa malavita di provincia non è capace e poi non ha interesse a utilizzare certi sistemi, in una piccola città come Viareggio farebbero troppo rumore e non gli converrebbe. Poi, c'è da tenere sempre ben presente che, le coincidenze e le suggestioni che da esse possono scaturire, sono le peggiori consigliere in un'indagine. Comunque, non è una cosa da sottovalutare, farò dei controlli e te, Mario, tienimi al corrente qualsiasi altra cosa succeda o ti venga in mente... magari questa volta un po' prima, eh? - Concluse Luca, con un leggero e affettuoso tono polemico.

- Aspetta! Che sta succedendo, Luca?

- Te stai tranquillo. Magari non lasciare più i bimbi a casa da soli, portali piuttosto alla trattoria. Lo so, è un sacrificio per tutti ma forse è meglio. Cerca però di non allarmarli, io intanto ti metto qualcuno dietro, ok? - Concluse Luca, abbracciando l'amico e sentendo quell'orso per la prima volta tremare.

- Grazie Luca.

- E di che? A che servono sennò gli amici.

Capitolo 15

La tranquillità ostentata davanti a Mario, non corrispondeva per niente al suo reale stato d'animo. Luca era preoccupato, non riusciva a trattare questo caso con la necessaria freddezza. L'incapacità di riuscire a darsi delle risposte lo rendeva tremendamente nervoso e quando lui era nervoso, s'incazzava. Fra l'altro, grazie alla collaborazione dell'Interpol, era stato possibile effettuare anche un confronto vocale con Antonio De Felice, il fratello che si trovava all'estero per lavoro, ma il risultato aveva dato esito negativo, anche perché il Dottor Antonio De Felice risultava pure essere afflitto da una forma piuttosto grave di balbuzie, patologia che l'aveva costretto addirittura a rinunciare all'insegnamento per dedicarsi esclusivamente alla ricerca. Nell'occasione venne anche confermato, dall'Istituto Oceanografico di Trieste, l'alibi del Dottor De Felice, che risultò per tutto il tempo indicato, imbarcato a bordo della nave "Neptunus". Venne confermato ufficialmente anche il rapporto dalla Polizia Postale: l'account Facebook di Andrea De Felice non risultava essere stato clonato, ma erano state comunque trovate le tracce, opportunamente cancellate, delle conversazioni fra Laura e lo sconosciuto. Per ultimo, tutti gli accessi effettuati al server, corrispondenti con l'ora delle chat, risultarono provenienti dalla zona di Viareggio e da quella di Napoli e tutti effettuati per mezzo di uno smartphone.

- Andiamo Rizzo! - Disse il Vannucci, evidentemente un po' alterato.

Salirono in macchina, Rizzo conosceva bene il collega: quando era così incazzato la cosa migliore era stare zitto e lasciarlo sbollire. Il Vannucci come al solito montava in macchina dalla parte del guidatore, senza curarsi minimamente se poteva esserci qualcun altro e, soprattutto, se l'auto stessa potesse essere di qualcun altro. Rizzo lo assecondava e si lasciava scarrozzare in giro, guardandosi bene dal non commentare, fino a che non fosse l'Ispettore stesso a rivolgergli la parola.

Stavano percorrendo via IV novembre quando, non curante di uno dei tanti stop, evidentemente preso da altri pensieri, Luca si trovò all'improvviso davanti un motorino.

- Attento Ispetto'! - Urlò Rizzo, interrompendo istintivamente il suo voto al silenzio.

Il colpo non fu eccessivamente violento ma abbastanza duro da far volar per terra motorino e conducente.

- Ammazza che botta, - commentò Rizzo con le mani ancora aggrappate al cruscotto.

- Madonna Santa! - Esclamò il Vannucci.

Entrambi uscirono dall'auto, correndo verso la persona sdraiata per terra.

- Tutto bene? - Chiese preoccupato, Luca. Il conducente del motorino si sfilò il casco.

- No! Non se lo tolga! - Esclamò Rizzo invano, quando ormai il casco era tolto.

Era una ragazza mora, dai capelli lisci e molto lunghi; bella, molto bella, avrà avuto sì e no trenta o al massimo trentacinque anni. Indossava un paio di jeans piuttosto attillati e un giubbottino di raso lucido, rosso, con delle scritte tipiche dei college americani. Stava seduta per terra con il casco in mano e se la rideva talmente di gusto che presto finì col contagiare anche i due poliziotti.

- Vuole che chiami un'ambulanza? - Domandò il Vannucci cercando di ricomporsi. - Sono un funzionario di Polizia, stia tranquilla, è colpa mia me ne assumo tutte le responsabilità.

- No, non si preoccupi, - rispose la ragazza, cercando nel

frattempo di rialzarsi, mentre Rizzo, invece, la esortava a non muoversi. - Siete molto gentili ma ve l'ho detto, non è niente. Piuttosto... il motorino... - disse preoccupata la ragazza, guardando il motorino a terra, adagiato su di un fianco, con sotto la pozza di un liquido che, dall'odore che emanava, sembrava carburante.

- Rizzo! Chiama il carro attrezzi! - Disse il Vannucci a Rizzo che nel frattempo stava come incantato contemplando le forme dei jeans della ragazza.

- Che ore sono? - Chiese la ragazza.

- Le undici, - le rispose Luca.

- Dio mio! Arriverò in ritardo... oggi è il primo giorno.

- Il primo giorno di cosa?

- Il primo giorno di lavoro, finalmente ero riuscita a trovarne uno e adesso... accidenti!

- Mi dica dove deve andare, l'accompagno io.

- In darsena, in un ristorante. - Luca fece così salire in auto la ragazza; nel mentre Rizzo cercava di spostare il motorino sopra al marciapiede.

- E ora che fa? Noo!... Pure a piedi adesso! - Esclamò Rizzo guardando i due allontanarsi in auto. - Non si preoccupi, Ispetto'! Tanto avevo voglia di fa' due passi! - Commentò fra se, Rizzo.

Passato il ponte di ferro, al semaforo, Luca girò a destra imboccando via Coppino.

- Dov'è che devo lasciarla?

- Ecco, qui!

- Qui? Alla Trattoria sul Porto? - Domandò Luca sorridendo. - Ma, guarda un po' le coincidenze...

- Perché? Lo conosce questo ristorante?

- Se lo conosco? Questo è il ristorante di Mario, il mio migliore amico.

La ragazza scese, ringraziando Luca per la sua gentilezza.

- Aspetta! Io mi chiamo Luca e tu?

- Silvia.

- Beh... allora ciao, Silvia! Salutami Mario, il proprietario e non ti preoccupare, al motorino ci penso io. Piuttosto, tu dovessi avere dei problemi fammi sapere, d'accordo? Ispettore Luca Vannucci, Commissariato di Viareggio, ricordatelo.

- Va bene, sì. Ciao e grazie del passaggio!

Capitolo 16

Il quartiere Varignano era la zona popolare di Viareggio, aveva guadagnato una certa e ingiusta fama grazie a qualche personaggio che, in passato, si era particolarmente distinto nell'arte di arrangiarsi ma, a parte questo, non lo si poteva definire propriamente un quartiere malfamato. Era comunque il quartiere dove aveva sede l'impresa di costruzioni del De Santis e dove vivevano alcuni personaggi che orbitavano intorno ai suoi affari. Il bar Moretti era il punto principale di ritrovo. Il Sovrintendente Michele Rizzo abitava anche lui al Varignano, era originario di Roma, aveva trentacinque anni, un tipo basso, tarchiato, andava fiero del fatto che qualcuno diceva somigliasse all'attore Ricky Memphis. Effettivamente già per il suo accento capitolino, poi per lo stesso modo di vestire, Rizzo ricordava in un certo modo il noto attore nelle sue più tipiche interpretazioni da poliziotto e, a lui stesso in fondo, la cosa non dispiaceva, anzi, all'occasione non disdegnava per niente marciarci sopra, sebbene questi suoi atteggiamenti facessero parecchio incazzare il Vannucci, che piuttosto era l'esatto contrario del classico sbirro televisivo.

- Che bevi, Ciro? - Domandò Rizzo, rivolto a un tipetto sulla quarantina, senza capelli, magro come un chiodo e alto non più di un metro e cinquanta.

- Ueeh! Commissà! Che piacere! Lasciatelo a me l'onore di offrirvi da bere.

- Quando sarò Commissario magari mi pagherai da bere, - rispose Rizzo.

Al Varignano c'era un'alta percentuale di originari campani, la maggior parte di loro lavoravano nell'edilizia.

Il bar Moretti era il punto di ritrovo di questa piccola comunità e, nel contempo, il centro di reclutamento della manodopera "a giornata", molto utilizzata dalle Imprese dell'Avvocato De Santis.

Rizzo, da buon poliziotto, aveva fin da subito individuato i luoghi e i contatti giusti per sapere, quando ce ne fosse stato bisogno, quello che c'era da sapere e, al bar Moretti, bastava solo aver pazienza e la capacità di capire al volo, poi, se c'era qualcuno che aveva qualcosa da raccontare, sarebbe venuto alla fine a raccontarlo sicuramente lì.

- Se ti faccio un paio di domande che fai? Mi rispondi, oppure ti devo porta' in Commissariato?

- Al bar Moretti fanno un caffè che, diciamo, è quasi come chillo 'e Napule, ma non è come chillo 'e Napule, - rispose Ciro. - Pe' bere il vero caffè napoletano bisogna pigliàllo a Napoli, mi capisce, Commissà, - e avvicinandosi a Rizzo, a bassa voce continuò. - Stasera, sul mare a Torre del Lago, davanti alla rotonda, a mezzanotte. Forse c'ho qualcosa di interessante per voi. Buona giornata, Commissà!

*   *   *

Quando Rizzo arrivò erano le undici e mezzo. Accostò sul bordo della strada, un centinaio di metri prima della rotonda. Sapeva perché Ciro gli aveva dato appuntamento lì, essendo il suo informatore, non era la prima volta che si incontravano in posti strani o perlomeno ambigui. La Marina di Torre del Lago, era un posto di questi: come scendeva il sole, infatti, il lungomare e la spiaggia stessa, erano frequentati da personaggi piuttosto equivoci, in genere coppie o gay in cerca di forti emozioni, come pure Ciro Vitiello che non disdegnava certi incontri "emozionanti". Praticamente tutti sapevano dei gusti e delle abitudini di Ciro, pertanto nessuno ci avrebbe fatto caso più di tanto se lo avessero visto lì, parlottare con qualcuno. Rizzo, invece, ci faceva abbastanza caso e la cosa gli scocciava parecchio.

Arrivò mezzanotte, Rizzo scese dall'auto e s'incamminò a piedi alzandosi il bavero della giacca per non essere riconosciuto. Oltrepassò il muretto che separava la strada dalla spiaggia e s'incamminò verso il mare. C'erano altre persone che si aggiravano nei paraggi, così, per evitare di essere visto, Rizzo passò sui lati della spiaggia, nella zona meno illuminata, costeggiando il bagno Stella del Mare, fino ad arrivare quasi sul bagnasciuga. Si guardò intorno, ma non riconobbe Ciro in nessuno di quei frequentatori notturni della spiaggia.

- Vista l'altezza da corazziere, - pensò Rizzo. - Non dovrebbe essere difficile isolarlo.

C'era sulla sua sinistra, verso Vecchiano, una sdraio aperta, rivolta verso il mare, con qualcuno seduto sopra.

- Eccolo là, - pensò. - Sta a prende' la tintarella di luna. - Si avvicinò velocemente sempre più convinto che fosse lui.

Gli arrivò da dietro e quando fu alla distanza utile per poggiare la mano sulla sdraio, ancor prima di poter dire la battuta che intanto si era preparato, si bloccò di colpo ed estrasse la pistola: illuminato dal forte chiarore della luna, Ciro Vitiello, giaceva immobile disteso sulla sdraio, con gli occhi sbarrati, le braccia aperte quasi a toccare la sabbia, i pantaloni e le mutande abbassati fino alle caviglie. Sotto il mento un foro, punto di origine di una quantità notevole di sangue che aveva oramai colorato tutto il collo, il petto e la sdraio di un unico colore: rosso.

*   *   *

- Il referto della scientifica dice che è stata usata la stessa arma, calibro 9x21, sempre col silenziatore e sempre a bruciapelo, un colpo unico e mortale, sparato proprio mentre... diciamo "veniva". Insomma, pensava di venì e, invece, partiva! Non so se mi spiego, Ispetto', - concluse Rizzo.

- Sempre spiritoso eh? Ispettore Culligan, - commentò il Vannucci - Ammettilo che invece ti sei cagato sotto, dai.

- Ma, che dice, Ispetto', adesso nun esageriamo... diciamo che non me l'aspettavo e, comunque, era tutto sotto controllo.

- Eh, me lo immagino...

- Comunque, tornando al matto, adesso sappiamo che è pure frocio, - concluse Rizzo.

- Chi? Ciro? - Domandò il Vannucci.

- No, Ispetto', l'assassino. Che Ciro era frocio, quello lo sapevamo già, io parlo del killer che invece è un frocio furbo; gli ha fatto il servizietto col palloncino, che poi ha fatto sparire per non lasciare tracce di saliva, capito, no? Ci stanno, infatti, tracce di lubrificante da profilattico, ma non c'è traccia dello stesso.

- Già, - disse il Vannucci. - Sembra una cazzata, ma se non altro restringe il cerchio: un metro e ottanta e nel giro dei gay, o meglio, non credo che qualcuno gli avrebbe fatto mai il "servizietto", come lo chiami te, prima d'ammazzarlo, se non era perlomeno anche lui finocchio. Anche perché sembra chiaro che, chiunque l'abbia ammazzato, si trovava proprio lì, diciamo... in "quella zona". Così mi sembra di capire dal referto della balistica riguardo a traiettorie e cazzi vari, no?

- Vuole dire: traiettorie e cazzo de Ciro, caso mai, - ironizzò Rizzo.

- Sii serio per favore, credo che la cosa si complichi invece: fa sparire le tracce, dunque ha paura di essere identificato: probabilmente è nella lista dei sospettati, o perlomeno fra le persone implicate nella vicenda. Ma supponiamo che sia gay: un gay che ha perso la testa per Laura? Dai, la cosa non sta in piedi.

- Si chiamano bisex! Si dovrebbe aggiornare, Ispettore.

- Te, invece, vedo che non ne hai bisogno. Sei già piuttosto aggiornato, eh! Sarà meglio che tu mi cammini davanti, d'ora in poi?

- Se preferisce far la parte di quello che sta dietro, Ispetto', faccia pure. Io m'adatto.

- Ma vaffanculo! - Rispose il Vannucci, tirandogli dietro la spillatrice.

- Bono, stia bono Ispetto', stavo scherzando. Non si scaldi, piuttosto, aspetti, c'è dell'altro! Hanno trovato un'altra collanina.

- Un'altra collanina di perline?

- Sì, Ispetto', come quell'altra.

In effetti il nuovo omicidio creava ancora più confusione di quanta non ce ne fosse già, l'Ispettore Vannucci, a questo punto, doveva per forza di cose cercare di fare il punto della situazione e le piste, pensò, erano tre.

- Lo psicopatico che s'invaghisce di Laura, non si mostra perché magari menomato, complessato e al momento che si rende conto di perderla comincia a uccidere, lasciando delle firme come tutti gli psicopatici. Ma perché usare l'identità del De Felice e della sua famiglia? Com'è che li conosce così bene? E poi Laura ha parlato con i De Felice. Seconda pista: i De Felice stessi, coinvolti in un macabro gioco con posta evidentemente milionaria; un complice esterno che telefona e opera sul posto e che comincia a uccidere al momento che si rende conto di perdere il controllo di Laura. Uccide per spaventarla e portarla di nuovo al gesto sconsiderato, che poi è l'obbiettivo finale del gioco. L'uso in particolare della SIM di Andrea De Felice, anche se clonata, semplicemente una regola del gioco, la collanina, una specie di firma segnapunti. Pista numero tre: la malavita locale, con uno spietato sistema per estorcere denaro o addirittura la trattoria a Mario. E i De Felice? Fanno parte anche loro dell'organizzazione? Ma perché mostrarsi e mettersi così allo scoperto? E in questo caso, la collanina? Mh... tante suggestioni e pochi indizi. In tutti e tre i casi, comunque, Ciro Vitiello è morto perché ha visto, ha visto un assassino alto un metro e ottanta, bisex, e molto furbo.

Gli venne in mente, all'improvviso, il racconto di Mario del Pronto Soccorso a proposito di quel ragazzo, alto col pizzetto, che parlava con De Santis e che avrebbe poi fatto visita a Laura. Doveva saperne di più, aveva bisogno di una descrizione dettagliata di quel ragazzo, doveva essere individuato.

- Pronto, Mario? Devi venire subito in Commissariato, porta anche Laura!

- Che succede? - Rispose Mario, evidentemente allarmato.

- Niente, stai tranquillo, sto solo facendo il Poliziotto. Non sei contento? Dai, t'aspetto. Ciao!

Furono passate al setaccio tutte le foto segnaletiche di individui con precedenti penali corrispondenti alle descrizioni fornite dai Maffei, finché non saltò fuori la sua faccia e il suo nome:

Carmine Iorio, nato a Napoli il 25 Marzo 1987 e residente sempre a Napoli, in via Luca Giordano 190, precedenti penali per truffa.

17 maggio 2016. Napoli, Commissariato Centrale.

- Signor Iorio, - domandò l'Ispettore Ingargiulo, del Commissariato centrale di Napoli. - Cosa ci faceva lei la sera del 27 marzo 2016, per la cronaca il giorno di Pasqua, al Pronto soccorso Versilia di Lido di Camaiore?

- Avevo accompagnato un amico che si era sentito male.

- E l'amico conferma essere l'Avvocato Guido De Santis?

- Sì.

- Che rapporti ha con l'Avvocato De Santis?

- Niente, è un amico, è sempre stato il legale della mia famiglia.

- La notte a cavallo tra il 27 e il 28 marzo, ha fatto visita alla signorina Laura Maffei, sempre nello stesso ospedale?

- E chi è? Non l'ha conosco proprio questa... signorina Laura.

- Vuol dire che, oltre che col signor De Santis, lei non ha parlato con nessun'altro dei pazienti presenti al Pronto soccorso quella sera?

- No... cioè, aspetti... ora che ci penso c'era una ragazza su una lettiga nella sala del Pronto Soccorso, mi ha chiesto un bicchiere d'acqua e io, non sapendo se fosse stato il caso o no, ho chiamato l'infermiera. Non so però chi fosse questa ragazza. Forse si riferisce a lei?

- Si reca spesso in Versilia, signor Iorio?

- Qualche volta, per lavoro.

- E che lavoro svolgerebbe in Versilia?

- Quadri, commercio quadri, opere d'arte... tutta roba pulita, eh!.

- Conosce qualcuno della famiglia De Felice?

- De Felice? Non conosco nessuno con questo cognome, sono di Napoli?

- Se permette, signor Iorio, le domande le faccio io. Va bene?... Continuiamo: dove si trovava la sera del 23 aprile?

- Posso dirle di sicuro che in quei giorni mi trovavo a Napoli, lo possano confermare molte persone, ma francamente non riesco a ricordare dove potessi essere o cosa stessi facendo quella sera.

- E la sera del 12 maggio? - Continuò, serrando il ritmo, l'Ispettore Ingargiulo.

- Ecco, lì posso essere più preciso. Era il compleanno della mia ragazza e siamo andati a mangiare da "Vincenzino" e poi a ballare allo "Skylab", sempre qui a Napoli naturalmente.

Non emerse niente che potesse almeno somigliare a un indizio, tutta la storia continuava a essere avvolta da una misteriosa e fitta nebbia.

Capitolo 17

- Buon giorno, Ispettore!

- Buon giorno, - rispose sorpreso Luca, senza aver ben capito chi lo avesse salutato. Lei si tolse il casco, Luca la riconobbe subito.- Silvia! Come sta?

- Bene Ispettore, e tu?

Luca stava in piedi sullo scalino del Bar Martinelli con un bombolone in mano, intento a ripulirsi le dita dalle colature di crema che scendevano giù dal bombolone e con il mento completamente cosparso di zucchero.

- Mica disturbo? Non vorrei fosse impegnato in qualche operazione di Polizia... che so? Magari sotto copertura, - disse Silvia con un bellissimo sorriso e l'evidente intento di prenderlo in giro.

Luca si sentì un perfetto imbecille, - giusto ora mi doveva beccare? - pensò.

- Sta a indagando su un delicato caso di calo di zuccheri, - intervenne Rizzo, ricevendo dall'Ispettore un'eloquente occhiataccia.

- Le posso offrire qualcosa? - Domandò Luca, trovando in quella domanda la cosa meno stupida da dire, fra tutte quelle che gli stavano venendo in mente.

- No grazie, ho già fatto colazione. Maaa... non ci davamo del tu?

- Sì... certo, certo mi sarò confuso.

- Capisco, chissà con quante donne avrai ogni giorno a che fare, eh, ispettore?

- Come no, - commentò Rizzo ironico. - C'è la fila!

Luca fulminò Rizzo con un'altra occhiataccia, Silvia sorrise e riprese:

- Piuttosto, io oggi vado al mare e mi chiedevo: ma... i poliziotti non ci vanno mai al mare?

- Eccola là, - commentò Rizzo a mezza bocca, affrettandosi a pagare il conto. Era venuto per lui il momento opportuno di sparire, anche perché Luca sembrava volesse incenerirlo con lo sguardo.

- Certo che ci vanno, - rispose Luca, sentendosi ancora più imbranato e più imbecille di prima. - Dipende sempre dagli impegni...

L'Ispettore si rese conto di aver perso parecchio smalto, una volta avrebbe avuto altri argomenti e ben altre battute pronte. Evidentemente stava invecchiando e quella bellissima ragazza, che lo attraeva così maledettamente tanto, lo stava stuzzicando a dovere, prendendolo pure per il culo.

Luca inspirò forte, decidendo fosse venuto il momento di raschiare il fondo del barile e tirare fuori tutto quanto potesse essere rimasto della vecchia classe e del suo inconfondibile stile. Stava per cominciare a dire qualcosa, quando Silvia lo anticipò:

- Bagno Manuela, subito dopo il Principe di Piemonte, oggi alle quattro e mezzo. Ciao!

Luca rimase con la bocca semiaperta come un deficiente, mentre Rizzo, poco più in là, se la rideva come un matto, piegato sul cofano della macchina.

- Stiamo invecchiando, Ispetto'? Si comincia a mancare di riflessi, vero? Prima l'incidente, ora si fa levà pure il discorso dalla bocca... quanto le manca alla pensione?

- Rizzo? Ma perché non te lo vai a prendere un gocciolino nel culo? Magari se gli fai vedere il tesserino è capace che ti fanno pure lo sconto!

Luca smontò di servizio alle due; il tempo di arrivare a casa, mangiare un panino e farsi una doccia. Si soffermò un po' davanti allo specchio della camera e, dopo un'accurata ispezione da vari punti di vista, si pose l'inevitabile domanda, ci pensò un po' su e alla fine si diede la risposta:

- Via, giù! Si può fare ancora del bene. Certo, se magari ci fosse solo un pochino più di intimità fra l'attaccatura dei capelli e sopracciglia... ma va beh!

Silvia era veramente bella, ma lui del resto era sempre stato, come usava dire Mario, un "viareggino cuccadores doc": bastava solo ricordarselo.

- In fondo, è come andare in bicicletta, - si disse convincente Luca. - Una volta che hai imparato non te lo scordi più!

Arrivò al Bagno Manuela alle cinque meno un quarto, tanto per non esser troppo puntuale. Non ci mise molto a trovare Silvia, non c'era molta gente in spiaggia.

- Ciao Silvia!

- Ciao Luca!

Lei aveva un bikini... molto "ini", con il pezzo basso di quelli a scomparsa, mentre il pezzo alto faticava a contenere le forme piuttosto prorompenti. La pelle era dorata, si vedeva chiaramente che il sole l'avesse già più volte irrorata; i capelli tirati su e legati a treccia... Silvia era di una bellezza disarmante.

Nonostante il ripasso fatto del suo miglior repertorio e tutti quanti i propositi belligeranti, Luca rimase lì, imbambolato come un bischero sotto il sole, in piedi, immobile come un ombrellone chiuso, riuscendo solo a dire:

- Bella giornata, vero?

- Sì, hai visto? Si sta da Dio. Dai, vieni sotto l'ombrellone o ti scioglierai come un ghiacciolo. E togliti la maglietta! Cos'è? Non ti vergognerai mica?

Effettivamente, Luca si vergognava come un cane, subiva come un bambino il fascino e la bellezza di quella ragazza, ma la cosa che più lo faceva andare in crisi era come lei riuscisse a stare sempre un passo avanti a lui, come riuscisse sempre ad anticiparlo.

Passarono il pomeriggio raccontandosi di loro e delle loro vite. Silvia aveva trentadue anni, anche lei con un matrimonio fallito alle spalle, del ricordo del quale gli era restato solo un figlio: Marco.

- È un bel nome.

- Ti piace?

- Sì, se avessi avuto un figlio maschio, lo avrei sicuramente chiamato Marco. E quanti anni ha?

- Ne compie cinque a ottobre, il sette di ottobre. Vuoi vedere la sua foto?

- Certo, mi farebbe piacere.

Silvia estrasse così una piccola fototessera dal borsellino:

- Eccolo qua...

- Accidenti, è bellissimo, - commentò Luca. - E guarda che bel caschetto biondo.

- È la mia vita.

- Lo posso immaginare. E suo... sì, insomma, suo...

- Vuoi dire: suo padre?

- Sì, ma non volevo essere scortese.

- Che c'entra? Non mi crea certo problemi, parlarne. Si chiama Fabio e lavora in banca e il biondo dei capelli, Marco, lo ha preso da lui. Siamo separati, oramai da due anni.

Luca avrebbe voluto chiedere di più, magari perché si fossero separati, ma gli sembrava di aver già fin troppo oltrepassato certi limiti, in fondo si conoscevano così da poco.

Silvia e il bimbo abitavano con i genitori materni a Capannori, l'estate però la ragazza si trasferiva in Versilia a fare la stagione, lasciando il piccolo Marco coi nonni. Il posto di lavoro al ristorante dei Maffei gliel'aveva trovato la sorella di Mario, Marzia, che Silvia conosceva da quando, ancora sposata, veniva in vacanza al mare. Marzia aveva parlato molto bene di lei a suo fratello, aveva a tal punto insistito che Mario, in prossimità della stagione, aveva così deciso di assumerla come cameriera di sala. Marzia l'aveva inoltre aiutata a trovare un alloggio presso una sua cara amica: una mansarda indipendente composta di due stanze più il bagno, piccola ma carina e soprattutto a un prezzo veramente ragionevole.

Anche Luca parlò un po' di sé, scoprendo che più raccontava, più la soggezione nei confronti di Silvia sbiadiva, lasciando il posto a una piacevole confidenza, la quale, piano piano, allontanava quella malinconia che ultimamente dominava i suoi pensieri. Parlò anche del suo amico Mario, della sua famiglia e di quanto fosse a loro legato.

Si fecero le sei, Silvia sarebbe dovuta rientrare al lavoro dai Maffei. Luca si offrì di accompagnarla, ne avrebbe così approfittato per fare un salutino a Mario.

- Toh! O te che ci fai da queste parti? - Domandò Mario, vedendo arrivare Luca con la sua cameriera. - E ti pareva che il "cuccadores" non colpisse ancora.

- Ma falla finita, siamo solo amici.

- Sì, amici, - commentò Mario, abbassando la voce in modo che sentisse solo l'amico. - Sono tutte amiche finché non le trombi, vero?

- Non puoi immaginare come l'ho conosciuta... ma te, piuttosto, tutto bene?

- Me lo devi dire te se va tutto bene... - rispose Mario.

- Stiamo indagando e comunque stai tranquillo, c'è chi ti controlla.

- Sì, me ne sono accorto. Discreti eh? Invisibili, sembrano dei ninja! Tutti col cartellino in fronte con scritto: "sbirro".

- E che ci posso fare? D'altra parte c'è anche chi sulla fronte c'ha scritto "bischero", vero Mario?

- Sì, proprio un bischero, c'hai ragione. D'altronde per essere amico tuo, a cos'altro si può aspirare. Cambiamo discorso, dai! Oggi Rosa fa gli spaghetti con i coltellacci, ti fermi?

- No, no, devo scappare. Un'altra volta, dai.

- Ma quanto la fai difficile... non farai mica i complimenti?

- Noo, figurati Mario, devo veramente andare, davvero credimi.

Luca salutò calorosamente Mario, quando dal bagno vide uscire Silvia che nel frattempo si era cambiata d'abito per il servizio. Lei gli regalò un fugace e dolce sorriso, Luca sentì sulle guance un leggero calore e si rese conto di cominciare ad arrossire. Contraccambiò il saluto affrettandosi nel frattempo a uscire prima che qualcuno, soprattutto il suo amico Mario, lo potesse notare.

Capitolo 18

L'estate era alle porte e Viareggio si preparava alla nuova stagione. Gli ombrelloni erano già tutti schierati in fila come soldatini in parata, anche se ancora quasi tutti chiusi: i primi temerari esploratori della spiaggia preferivano di gran lunga quel primo sole ancora giovane, all'ombra di quei grossi cappelli.

Si respirava comunque un'aria euforica dappertutto: per le strade, nei locali; la stagione stava per cominciare e a Viareggio questo voleva dire vivere.

Anche gli esami si stavano avvicinando, ma Laura faticava ancora molto a riprendere il ritmo, non solo dello studio ma anche del suo respiro. Era riuscita a farsene una ragione di Andrea, ma il succedersi degli eventi la teneva in una continua morsa di paura. Le avevano dimostrato che quel viso di cui si era innamorata, non era lo stesso che le parlava dolcemente al telefono, ma tutto questo non poteva esserle sufficiente a ritrovare la serenità, la calma necessaria per affrontare la propria quotidianità. Nonostante Laura avesse scoperto di essere più forte di quanto pensasse, studiare, dormire, camminare e anche solo vivere, non erano più la stessa cosa. Quella voce senza più un volto, probabilmente adesso la stava disperatamente cercando ed era capace anche di uccidere. La paura, sentimento dominante dentro le sue vene, scorreva però mischiata al desiderio di poter guardare negli occhi, i suoi veri occhi, chi l'aveva per così a lungo ingannata. Laura non capiva il perché, ma quella smania si stava ogni giorno di più trasformando in un bisogno.

Anche alla Trattoria sul Porto c'era aria di stagione, ma non c'era il consueto spirito che, normalmente, rendeva Mario e Rosa delle macchiétte, anzi, ogni azione, ogni gesto era da entrambi svolto e accettato con stanca malinconia. I ragazzi quando non erano a scuola restavano alla trattoria, mentre la sera c'era zia Marzia a far loro compagnia a casa, fino al ritorno dei genitori. A vigilare su tutti,

Luca aveva messo uomini in borghese che, alternandosi in turni, garantivano sempre una discreta copertura ravvicinata a tutta la famiglia.

Per nessuno era più facile vivere, per tutti la vita era diventata un incubo.

Mario, che non aveva mai avuto paura di niente e di nessuno, adesso provava la paranoica sensazione di essere chiuso dentro a una stanza senza finestre, buia: sapeva ci fosse qualcuno lì vicino, che volesse fargli del male, ma non era in grado di vedere, né di sapere come o da dove lo avrebbe attaccato.

Nessuno lo ammetteva, ma tutti avevano paura.

Lo stesso Luca, quanto avrebbe prima affrontato con lucido e professionale distacco, adesso lo preoccupava e lo rendeva nervoso: c'era di mezzo il suo migliore amico e la sua famiglia e in più non ci stava capendo niente, non riusciva a raccogliere uno straccio d'indizio che si potesse, almeno lontanamente, considerare una pista. Tutto sembrava importante, ma tutto era allo stesso tempo, maledettamente scollegato.

- Per favore, un caffè e un cappuccio senza schiuma.

- Caffellatte, Rizzo! Se non ci vuoi la schiuma, si chiama caffellatte, - lo redarguì il Vannucci. - Saranno cent'anni che stai al mondo e ancora non l'hai mica capito.

- Però me faccio capì, - ribatté Rizzo.

- Sì, come un profugo appena sceso dal barcone e... ma porca miseria! Quanti bomboloni ti sei mangiato?

- Questo è solo il terzo, oggi sono un po' "cospirato", mi voglio tenere leggero.

- Costipato, si dice: co-sti-pa-to, razza dì zulù. Dimmi un po': e se eri in forma, cos'è? Mangiavi anche me? Va beh... parliamo di cose serie, - disse il Vannucci, tornando nel suo ruolo di Ispettore. - Il Commissario Giusti sta sollecitando risultati e c'ha ragione, ci son già due morti e noi stiamo galleggiando come altrettante due boe in alto mare. I giornali poi stanno divagando, ci stiamo facendo una bella figura di merda. Dal clan delle brave persone qualche novità?

- Ho fatto qualche domanda in giro; nei cantieri e nei locali del De Santis, ma hanno tutti paura di sputare, si vede che è gente ben educata, non parla con la bocca piena.

- Convochiamo Mister De Santis in Commissariato, - disse perentorio il Vannucci.

- Ispetto', aspetti... le posso fare una domanda?

- Avanti, sentiamo.

- Maaa, con la bonàzza... sì, insomma, com'è andata?

- Scusa... chi sarebbe: la bonàzza? Cazzo! Rizzo! Esprimiti almeno con suoni umani.

- Silvia, Ispetto'! La morettina. Non faccia finta de non capì.

- Ma, cosa vuoi sapere? Non sono cose che ti riguardano.

- Hai capito l'Ispettore, fa il misterioso...

- Rizzo?

- Sì, Ispetto'?

- Maaa... una padellatina di cazzi tuoi? No, eh? Comunque, se proprio lo vuoi saper, la prossima settimana la porto a cena fuori.

- Eccolo là! Lo dicevo che l'Ispettore Vannucci non poteva fallire. E dove la porterà a cena? Da Mario?

- Sì, per farmi prendere per il culo tutta la sera. Lo sai com'è lui, no? Quando ci si mette è peggio di te.

- Allora, la porti...

- Ooh basta, Rizzo! C'abbiamo da lavorare non da cazzeggiare. Forza!

L'Avvocato Guido De Santis era uomo di cinquantasette anni originario di Caserta, basso, grasso, pelato e sempre molto sudato. Stava continuamente col fazzoletto in mano ad asciugarsi il sudore, un vero e proprio spettacolo di stile, classe e portamento. La cosa che però più lo caratterizzava era il suo alito: - Ti fa venire voglia di tagliarti il naso, - disse a proposito una volta, il Vannucci.

- Ispettore Panucci, buon giorno! - Esordì il De Santis.

- Vannucci, - lo corresse Rizzo.

- Buon giorno a lei, Avvocato, - rispose il Vannucci. - Si accomodi.

- Spero che mi abbia disturbato per qualcosa d'importante, come allo stesso tempo mi auguro che non abbia dimenticato che conosco molto bene la legge: sono Avvocato...

- Sì, sì, so molto bene che lei conosce la legge in tutte le sue, ...diciamo, sfumature. Vorrei solo fare una chiacchierata e non credo sia chiederle troppo, non le estorcerò nessuna dichiarazione, si può rilassare. Le faccio portare un caffè?

- No, grazie. Sono a sua completa disposizione, mi dica.

- Stiamo indagando sugli omicidi del ragazzo al Pub Caracas e su quello di Ciro Vitiello.

- Ah! Ciro, 'o femminiello!

- Sì, appunto lui. Mi risulta che lei lo conoscesse, avvocato.

- Cosa vorrebbe dire? Che frequento i froci?

- Assolutamente no, non mi fraintenda, ma so che Ciro Vitiello ha lavorato per lei, quindi, presumevo che lo conoscesse.

- Ispettore, chi è che non conosceva Ciro? Era una macchietta. Per quanto riguarda il fatto che abbia lavorato per me, non mi risulta ma potrei anche sbagliarmi, con tanti cantieri in giro. Do lavoro a così tanta gente, sa Ispettore, a Viareggio mi dovrebbero ringraziare.

- Sì, e magari farti sindaco, - commentò a bassa voce Rizzo, ricevendo un'occhiata minacciosa dall'avvocato.

- Dunque, mi sta dicendo che non sa nient'altro su Ciro Vitiello, non sa dirmi chi frequentava o se avesse dei nemici?

- Finocchi, Ispettore! Chi vuole che frequentasse, anzi, se io fossi in lei, è proprio in quell'ambiente lì che cercherei. Quel tipo di persone a furia 'e bazzià e' pazzi, prima o poi va a finire che lo trova, o' pazzo che l'accoppa.

- E Vincenzo Fiore, lo conosce? - Continuò il Vannucci.

- Vincenzino? Certo che lo conosco, l'ho tenuto a battesimo io, sa? Un po'esuberante, sì, ma comunque nù bravo 'uagliòne. Ma, cos'è? Mica ha combinato qualche cosa? Conosco molto bene i suoi genitori, ho pagato io il viaggio quando si sono trasferiti a Viareggio, ho dato loro da faticà e gli ho trovato pure casa. Se ha combinato qualcosa le giuro che l'accìdo con le mie stesse mani. I suoi genitori non se lo meriterebbero.

- No, no, stia tranquillo, non ha combinato nulla. Mi dica un'ultima cosa, avvocato: la Trattoria sul Porto la conosce?

- Quella in Darsena? Sì, o meglio, non ci sono mai andato, ma mi hanno detto che si mangia bene, molto bene.

- Mi risulta che però conosce Mario Maffei, il proprietario, - domandò l'Ispettore, cominciando a cambiare marcia e trasformando, quindi, la conversazione in un vero e proprio interrogatorio.

- Mario Maffei, mi faccia pensare... sì, mi sembra, c'ho parlato una volta per una discussione che un suo amico ebbe con un dipendente di un mio locale. Credo si trattasse per soldi; sì, ora che ricordo, quel suo amico mi distrusse mezzo locale e il signor Maffei venne da me a chiarire lo spiacevole episodio: una brava persona. Perciò, Ispettore, la Trattoria del Porto è di questo signor Maffei? Sa che non lo sapevo?

- Ah, non lo sapeva? Ma, se conosce così bene Vincenzo Fiore, avendo lui lavorato come cameriere dal Maffei, com'è che non sa che la trattoria è del Maffei?

- Ispettore... il fatto che ho tenuto sulle ginocchia Vincenzino non fa di me il suo angelo custode, cosa fa e dove va non sono affari miei, né lui me lo viene a raccontare, Ispettore! Non sono suo padre! Pe' 'a Maronna! Se dovessi sapere cosa fanno tutti i 'uagliòni che ho aiutato, Ispetto'! Eh! Ora, se non le dispiace, se non ha altro da chiedermi. Sa, ho molti impegni e poco tempo.

- Sì, sì certo, ho finito. Arrivederci, avvocato.

- I miei ossequi, Ispettore.

Come in fondo era prevedibile, la conversazione lasciò il tempo che trovò. Dal De Santis non emerse niente che potesse risultare d'aiuto o, perlomeno, lasciasse trasparire eventuali piste potenzialmente percorribili. Niente.

Capitolo 19

- Vorrei parlare con signore che fa indagine di quello morto a Caracas, - chiese il ragazzo al piantone.

- Eh?! Un attimo. Per favore il suo nome, prego?

- Hevzi Shabani.

- Vannucci? C'è il signor Sciaa... sì va beh, c'è una persona che ti vuole parlare, credo sia per l'omicidio al Caracas.

- Porca miseria, - rispose il Vannucci. - Fallo passare subito!

Era un ragazzo di circa venticinque anni, albanese ed era uno dei camerieri del Pub Caracas dove era stato ucciso Renzo Ghilarducci.

- Ispettore sai... noi stranieri qui a Italia, qui a Viareggio, non sa mai se meglio parla o stai zitto, capisci noi non siamo bene visto da gente, è difficile noi trova lavoro e facile perde. Vede... io nero a Caracas e padrone quando Polizia arriva, quella sera, padrone subito me manda via...capisci?

- Capisco, purtroppo, dappertutto è così, - rispose il Vannucci, cercando di mettere il ragazzo a suo agio. - Ci vuole sempre un po' di tempo prima che la diffidenza sbiadisca e uno straniero possa essere definitivamente accettato. Comunque m'interessano solo eventuali informazioni sull'accaduto, tutto il resto, non si preoccupi, non uscirà da qui. Lei da quanto tempo è in Italia?

- Quasi uno anno.

- Beh complimenti, per essere in Italia da nemmeno un anno si fa capire abbastanza bene. Comunque, mi dica tutto, - lo esortò il Vannucci, piuttosto impaziente di sentire che cosa il ragazzo avesse da raccontare.

- Io pulire tavoli quando, davanti a bagni, io visto, solo uno momento, una persona che va via da bagno, io vado a bar e svuota vassoio poi io sento urla e subito comincia tutto casino. Io penso che lui è ultima persona che va via da bagno prima che entra quello che poi urla, quindi, io penso che è lui...lui quello che ammazza ragazzo.

- Signore, - lo rimproverò il Vannucci, cercando di dominarsi e di restare calmo per non spaventare il ragazzo. - Ma si rende conto di aver taciuto per tanto tempo un'informazione talmente importante, che potrebbe avere già fatto risolvere questo caso e, magari, evitato il secondo omicidio?

- Lo so, hai ragione, per questo io vengo qua, io rendo conto di tutto.

- Lasciamo perdere. Mi dica: è in grado di descrivere questa persona?

- Io credo: uno uomo magro, alto con capelli corto, nero, ha trenta, trentacinque anni. Il suo vestito tutto di nero con cappotto pelle, lungo, nero come... come Gestapo, capisci?

- Non ha notato altro?

- No, io visto solo uno momento, anzi, sì, aspetta... uomo lui tiene mani dentro tasca.

- Pensa di essere in grado, guardando delle foto, di riconoscerlo?

- Non so, poco luce e poi io visto solo uno momento...

Rizzo gli mostrò delle foto segnaletiche, tra le quali quella di Carmine Iorio e poi anche quella di Andrea De Felice, del fratello Antonio e del padre Gennaro, ma il ragazzo non seppe riconoscere lo sconosciuto in nessuna di quelle foto. Era comunque finalmente qualcosa, forse adesso avevano uno sbiadito identikit dell'assassino, anche se non aveva nessuna corrispondenza con le persone fino a quel momento sospettate.

- Alto, magro, moro e vestito di nero...

- Come il tipo di Matrix, - commentò Rizzo.

- Chi?! - Domandò incuriosito il Vannucci.

- Matrix! Il film...

- E che roba è?

- Ispetto', ma lei quand'è l'ultima volta che è andato al cinema?

- Rizzo, anche se mangi parecchio male, ti capisco meglio se parli come mangi.

- Lasciamo perdere, - concluse rassegnato, Rizzo. - Lei è un caso perso.

- Ecco, appunto, lasciamo perdere. Tornando al nazista, piuttosto, bisogna vedere se è veramente l'ultimo che è uscito dal bagno. Non è matematico che lo sia, concordi Rizzo?

- Concordo Ispetto', concordo.

- Comunque... consideriamolo come un punto a nostro favore, - disse il Vannucci, alzandosi da dietro la scrivania e prendendo la giacca dietro la sedia.

- A proposito di film, senti un po' Rizzo: te che vedo sei un esperto cinefilo, volevo noleggiare un film stasera, che mi consigli?

- Un bel porno, così se fa compagnia da solo e nun s'annoia.

- E ti pareva! Immagino che te c'hai una videoteca ben fornita a casa, vero?

- Perché? Le interessa qualche titolo Ispetto'?

- No, no, risparmiamelo, piuttosto me ne vado al cinema stasera, vieni con me?

- Ok, ci sto.

- Sì, però patti chiari e amicizia lunga, scelgo io il film.

- Perché, non si fida, Ispetto'?

- Di te? No, per niente.

- Allora facciamo così: chi sceglie il film paga la pizza. Ci sta?

- Lo preferisco... solo una pizza e una birra però, se vuoi di più te lo paghi, d'accordo?

- Andata.

Anche Michele Rizzo viveva da solo e in pratica divideva con il Vannucci tutta la sua giornata. Era quindi naturale che tra i due single si fosse creata una solida amicizia e un'intesa che andava oltre anche il normale orario di lavoro. Nonostante dichiarassero apertamente di non sopportarsi a vicenda, l'uno finiva sempre con l'essere il sostegno dell'altro e viceversa e, fra un vaffancùlo e una risata, si ritrovavano comunque sempre insieme ad affrontare le proprie vite e le proprie solitudini.

Capitolo 20

Gli esami di Maturità stavano per cominciare, ma nonostante la buona volontà e l'aiuto di tutti, Laura si preparava alla quasi inevitabile possibilità di perdere un nuovo anno scolastico. Non c'era stato niente da fare, umanamente non c'erano le condizioni ideali per riuscire a preparare una prova così importante. La decisione aveva trovato tutti d'accordo, persino Luca che, dal suo punto di vista prevalentemente investigativo, condivise trovando prudente e saggia la scelta.

Ormai Laura conduceva una vita da reclusa, continuamente in casa, guardata a vista da tutti, Polizia compresa. Luca, infatti, aveva messo due uomini fissi dietro alla famiglia Maffei col compito di proteggerli e al contempo vigilare e riferire su chiunque si fosse avvicinato a loro. Una sorta di arresti domiciliari per Laura e di libertà vigilata per il resto della famiglia, solo che, nonostante tutti gli sforzi, non fu abbastanza vigilata...

Zia Marzia portava quasi ogni giorno i bimbi in spiaggia, aveva chiesto più volte anche a Laura di andare, ma lei, già da sempre poco entusiasta di andare al mare, adesso aveva anche la scusante della paura. La più contenta era sempre Chiara: lei pur di andare a giro sarebbe anche scappata, figurarsi poi per andare al mare! Massimo, invece, avrebbe preferito andarci per i fatti suoi assieme alla sua cricca, purtroppo però la vita era cambiata per tutti, nessun escluso e, fino a che il caso non fosse stato risolto, tutti sarebbero dovuti sottostare alle regole precauzionali dettate da Luca e dal buon senso generale.

Il bagno "Stella del Mare" era uno dei più piccoli di Torre del Lago, ma era da anni il bagno preferito da tutta la famiglia Maffei.

Paolo, il gestore, era veramente un tipo alla buona, riusciva a mettere chiunque a proprio agio ed era un buon amico di Mario. Dopo anni di conoscenza e di reciproca fiducia, si era creato anche un tacito e spontaneo accordo commerciale che prevedeva un automatico scambio di clientela; chi avesse domandato a Mario di un buon stabilimento balneare, lui avrebbe consigliato il bagno Stella e Paolo corrispondeva, consigliando la trattoria di Mario a chi avesse voluto mangiare del buon pesce.

Accompagnati da zia Marzia, che non avrebbe dovuto perderli d'occhio, quel giorno Chiara e Massimo andarono in spiaggia, mentre due uomini del Vannucci si piazzarono due file di ombrelloni più a nord, fingendosi turisti che prendevano il sole. Solo che, quando meno loro se lo sarebbero aspettato:

- Signore! Signore, - disse il ragazzino a uno dei due agenti in borghese. - Mi hanno detto di dirle che alla rotonda c'è una persona morta dentro a una macchina!

- Cosa? Aspetta, vieni qui! – Gli urlò il poliziotto, cercando invano di afferrare il ragazzino per un braccio, per poi rivolgersi al collega. - Cazzo! Ne ha fatto fuori un altro? Andiamo a vedere!

Zia Marzia, intanto, se ne stava comodamente seduta sulla sdraio, nascosta da un paio di grossi occhiali da sole, apparentemente occupata nel suo passatempo preferito: il cruciverba.

Chiara giocava con le sue formine e Massimo, leggermente più in là, faceva il bagno con gli amici. Zia Marzia soffriva però di un piccolo problema, lo stesso di cui era vittima anche il fratello Mario: dopo mangiato era ogni volta e inevitabilmente preda senza scampo dei fantasmi del sonno.

- Psss, Chiara! Mi aiuti a ritrovare il mio cane? L'ho perso e non riesco più a trovarlo. A lui piacciono i bambini, magari se ti vede con me, lui ritorna.

- Come si chiama il tuo cane? - Domandò la bambina.

- Bandito, si chiama Bandito. Allora che fai? Vieni con me a cercarlo?

- Aspetta! Lo chiedo alla zia.

- No! No! Non svegliarla. Gliel'ho già chiesto io alla zia, ha detto che va bene, ma devi far la brava, d'accordo? Sennò non ti posso comprare il gelato.

- Mi compri il gelato?

- Beh, sì. La zia ha detto che se sei brava e mi aiuti a ritrovare il mio cane, ti devo comprare il gelato. Ci stai?

- Va bene... te come ti chiami? - Chiese Chiara, allo sconosciuto.

- Mi chiamo Andrea.

Capitolo 21

- Cooosa?! Ma siete scemi? Ma, dov'eravate? A fare il bagno?! Rizzo! Dirama la foto a tutte le volanti. Mi raccomando, nessuno deve toccare la pistola, c'è la bambina. Corri! Voglio anche la Cinofila, muoviti!!!

Furono impiegate tutte le volanti e tutte le auto civetta, l'allarme fu passato anche al Comando dei Carabinieri. Tutta la Versilia fu trasformata in zona di guerra: Chiara era scomparsa.

Saltarono tutti i turni, Rizzo per la prima volta vide nel collega lo "sbirro" dei film, che non aveva mai mostrato, ne rimase stupito e allo stesso tempo affascinato. Luca, invece, non aveva mai provato un senso di disperazione come quello che stava provando in quel momento.

In una giornata tutta la Versilia fu rovesciata come un calzino, ma niente: nessuna traccia di Chiara.

Al ristorante, dai Maffei, regnava la disperazione: zia Marzia per lo spavento e per il senso di colpa di essersi addormentata, fu colta da malore e portata d'urgenza all'ospedale. Rosa non riusciva a smettere di piangere e urlare. Laura e Massimo erano come paralizzati, immobili in un angolo, per la prima volta abbracciati stretti come due veri fratelli. Mario, assieme a Silvia, la nuova cameriera, cercava di calmare Rosa e nel frattempo dentro di sé pregava come mai in vita sua era riuscito a fare. Fu passata al setaccio tutta Viareggio, posti di blocco furono istituiti su tutte le strade che conducevano fuori dalla Versilia, ma di Chiara nemmeno l'ombra.

Nel primo pomeriggio una gazzella dei Carabinieri incrociò sulla Sarzanese, all'altezza del Ponte di Sasso a Camaiore, un'auto sospetta: una Renault Clio nera con a bordo due persone, uno dei quali sembrava essere un bambino, che si stava dirigendo in direzione di Pietrasanta. Dopo un rapido testa-coda, i militi dell'Arma raggiunsero l'auto sospetta intimandogli l'alt, a tutta risposta l'auto invece accelerò, ci fu un lungo inseguimento a sirene spiegate. Conversero sul posto e parteciparono all'inseguimento anche due volanti del Commissariato di Massa e l'auto con sopra il Vannucci e Rizzo. Sembrava di essere in un film: auto che sfrecciavano a sirene spiegate, un evento talmente eccezionale che, in una realtà piuttosto provinciale quale quella di Viareggio, suscitò un notevole spavento e una certa preoccupazione a chi si trovò involontariamente a fare da spettatore a questo "tour della Versilia" a centottanta all'ora. Dopo un lungo e pericoloso inseguimento, l'auto dei fuggitivi fu bloccata a Massa, all'imbocco dell'Autostrada. Gli occupanti dell'auto si arresero senza opporre resistenza. Ci fu però grande delusione, quando si scoprì che i fuggitivi non erano nient'altri che due serbi di cui uno alto neanche un metro e cinquanta, che risultò fossero ricercati per rapina a mano armata. Due delinquenti assicurati alla giustizia, ma che con Chiara, purtroppo, non avevano niente a che vedere.

Erano circa le sei del pomeriggio, quando squillò il cellulare del Vannucci, era L'Orlandi, collega di Luca: Mario aveva dato in escandescenza, aveva preso la pistola ed era uscito gridando che l'avrebbe trovata lui sua figlia e a quel bastardo c'avrebbe pensato lui. L'avevano fermato alcuni agenti, due dei quali sarebbero poi dovuti andare a farsi medicare all'ospedale.

- Mario! Ma che mi combini? - Chiese affettuosamente Luca all'amico.

- Luca, trovala! Trova la bimba perché se non lo fai, te lo faccio io! Ma, t'avverto che io trovo anche lui e, quanto è vero Iddio, l'ammazzo, ma non l'ammazzo mica subito, no, no, lo faccio morì piano piano! Deve soffrire, così come soffriamo noi ora, anzi, di più!

- Stai tranquillo, Mario, la troviamo, stai tranquillo.

- Ma, non avevi detto che c'erano dei poliziotti a controllarli?

- Quel bastardo gli ha distratti con un trucco. La troveremo, vedrai Mario; adesso però calmati, calmati per favore, fallo per la tua famiglia, per gli altri figlioli.

- La mia famiglia? Luca, chi tocca la mia famiglia tocca me! E io non perdono!

Era ormai sera, la disperazione aveva invaso i cuori di tutti, quando finalmente arrivò la telefonata che per tutto il giorno era stata chiesta al cielo:

- Ispettore! L'abbiamo trovata. È qui tranquilla, seduta su una panchina, in pineta al Marco Polo che mangia un gelato.

- Come sta? - Chiese concitato, il Vannucci.

- Stia tranquillo, sembra stia benissimo!

Mario scoppiò nel pianto liberatorio che da tutto il giorno aveva trattenuto, Luca lo abbracciò forte come il fratello che non aveva mai avuto, cercando di nascondere la lacrima che stava anche a lui scendendo giù lungo la guancia. Chiara fu portata immediatamente all'ospedale Versilia, dove fu visitata per verificarne lo stato di salute e scongiurare qualsiasi forma di violenza. I risultati delle visite furono veramente confortanti: stava benissimo, nessun segno di alcun tipo di violenza o costrizione fisica, non sembrava nemmeno scioccata, era come se fosse appena tornata da una gita, una gita con il suo secondo papà.

- Siamo andati a fare una bella passeggiata. Andrea mi ha comprato il gelato, l'orsacchiotto e guarda cosa mi ha dato: tadàaa! Chiara aveva appesa al collo una collanina di perline di plastica colorata di vari colori e forme.

- Ha detto che devo darla a Laura, però posso metterla anch'io, capito Laura? È di tutte e due. Andrea ha detto anche che devi contare le perline, perché non devi perderne nemmeno una.

Con l'aiuto di Rosa, la Dottoressa Villafranca, psicologa della Polizia di Stato, riuscì a far parlare ancora Chiara e a farsi descrivere Andrea. Non solo la descrizione combaciò perfettamente con l'identikit costruito con le informazioni del cameriere albanese, ma saltarono fuori altri preziosi particolari:

- Andrea è tanto alto, più di papà e non c'ha la pancia come papà, e poi ha un bel profumo. Mi ha spazzolato i capelli e mi ha fatto anche la coda di cavallo, hai visto che bella?

- Andrea è più giovane o più vecchio di papà? - Chiese dolcemente la mamma.

- Più giovane, mamma! Papà è vecchio lo sai, non c'ha i capelli.

- E a proposito di capelli, come ce l'ha i capelli Andrea? - Continuò la Dottoressa Villafranca.

- Neri.

- Neri, hai detto... ma, senti un po': i capelli li ha lunghi o corti?

- Non lo sòoo... normali, uffaa! Ho fame, mamma!

- Aspetta, Chiara! Aspetta... non c'ha niente di brutto Andrea?

- Uffa! C'ha le mani brutte, ci sono tutte le macchie.

- Le macchie le ha solo sulle mani? - Insistette la Dottoressa.

- Sìììì! Ho fame, mamma!

Capitolo 22

- Alto un metro e ottanta, magro, capelli neri, sulla trentina, belloccio e con delle macchie sulle mani, probabilmente cicatrici da ustione, oppure è malato di vitil... vitiligine, credo si chiami così: è una malattia che fa venire macchie bianche sulla pelle. Però... se avesse questo tipo di malattia, il tipo dovrebbe avere macchie anche sulla faccia... no, penso di più che si tratti di ustioni. Comunque, la bimba ci conferma la descrizione fornita dall'albanese. Insomma, non è molto ma neanche poco, via! Oggi mi sento ottimista, - dichiarò il Vannucci a Rizzo.

- Si sta scordando che è bisex, - aggiunse Rizzo.

- Ah già, dimenticavo... tanto ce ne sono pochi da queste parti!

Insomma, vuoi proprio rovinarmi la giornata, eh, Michele?

Rizzo rimase sorpreso e lusingato, in sei anni era la prima volta che lo chiamava per nome. - Deve essere veramente di buon umore oggi, - pensò Rizzo.

- La collanina, Ispetto', la scientifica ha notato un particolare: pare che tutte le collanine abbiano una lunghezza diversa.

- Va beh, le farà a occhio, mica le misurerà. E poi quella di Chiara può anche essere normale che sia più corta: è una bambina.

- No, Ispetto', c'è un particolare strano: seguendo l'ordine in cui ce l'ha fatte ritrovare, l'ultima collanina è sempre più corta della precedente.

- Mh... ho capito. Fermati lì, non dire altro prima che tu mi faccia ritornare il nervoso. Dai, andiamo a pranzo, oggi ho voglia d'un bel frittino di mare; offro io.

- Mei cojoni, - esclamò Rizzo. - Oggi sta proprio in forma, Ispetto'!

Non era solo una questione di forma, per Luca Vannucci aver ritrovato Chiara equivaleva all'aver guardato in faccia la morte ed essere poi riuscito a beffarla. Per un attimo aveva visto la "Nera Signora" afferrare per mano la piccola Chiara, ma lui era riuscito a riprendersela! Mai era stato così fiero di sé stesso e del suo lavoro come ora.

- Se vogliamo mangiare il fritto buono, - disse Rizzo. - Dobbiamo andare da Mario.

- Già! Questo è vero, ma Mario ora è troppo sotto pressione, ci sono più colleghi da lui che clienti. E poi non vuole mai farmi pagare e, se insisto, si offende. No, è meglio di no.

- Magari a Mario gli farebbe bene vederla, Ispetto', lei è il suo migliore amico... e poi, insomma, il fritto di Rosa è il fritto di Rosa, non so se mi spiego, Ispetto', - disse Rizzo, prendendo lui per la prima volta l'iniziativa. - Senza contare che... insomma, non mi voglio permettere di avanzare ipotesi o di farmi i fatti degli altri, ma si dice che c'è pure un bel servizio... sì, insomma...

Rizzo concluse la frase mimando con le mani particolari curve, con chiaro riferimento alla nuova cameriera.

- Oh, Rizzo, te se non fai l'imbecille non riesci a essere felice, - rispose il Vannucci, scuotendo la testa e sorridendo con l'aria rassegnata di chi è stato centrato in pieno. - D'accordo, hai vinto: vada per Mario.

Mario come sempre accolse Luca col calore che si riserva solo alle persone care e persino Rosa, che normalmente per farle mettere il naso fuori dalla cucina, timida e schiva com'era, bisognava minacciarla, arrivò fino in sala per salutarlo noncurante ci fossero anche altri clienti. Tutta la famiglia Maffei, con il corso degli eventi si era attaccata in maniera morbosa a Luca, tutti lo vedevano come una specie di Cavaliere Jedi, l'unico capace di difenderli da quella minaccia oscura, da quel fantasma.

- Come va, Mario, - chiese Luca. - Tutto a posto?

- Si cerca di non pensarci, bisogna tirare avanti.

- Sì, bravo, fai bene. Non bisogna permettere a uno stronzo di rovinare la vita a della brava gente come voi, - disse Luca, cercando di trasmettere solidarietà all'amico. - Ho raddoppiato la vigilanza, ora c'è chi ti controlla anche quando vai a pisciare. State tranquilli: nessuno oserà avvicinarsi. Bisogna stringere i denti, ma vedrai che lo becchiamo quel figlio di puttana. Comunque, dimmi: i bimbi? I bimbi come stanno?

- Fanno vita da carcerati, se la si può chiamare vita; in ogni modo, Chiara non si sta rendendo conto di nulla e forse il suo è l'atteggiamento più invidiabile, anche se...

- Anche se non si può accettare che un pezzo di merda possa mettere in discussione la figura di un padre, vero Mario? - S'intromise Rizzo, con l'evidente approvazione di Luca.

- Vi giuro che se l'avessi fra le mani ora...

- Lascia perdere, lo sai come la penso su certe cose, Mario.

Luca era entrato in Polizia armato di nobili ideali e credendo molto in quel lavoro. Il tempo, poi e le delusioni sul malfunzionamento della macchina della giustizia, avevano fatto il resto, raffreddando non poco quel suo entusiasmo giovanile. Ora questa storia, che vedeva i suoi migliori amici in pericolo, aveva fatto rifiorire quel suo senso della giustizia e la determinazione di un tempo, anche se, in ogni caso, continuava sempre a essere dell'opinione che per certa gente non bastasse la galera.

- Parliamo d'altro, dai, - disse Mario. - Ti fermi, vero?

- Sì, oggi ho promesso a questo zulù di fargli mangiare una super frittura di mare, come quelle che fa la Rosa.

- Super? Oggi c'ho anche una "paranza" che è uno spettacolo, me l'ha portata un'ora fa Salvatore.

- Aggiudicato, vada per due fritture di paranza.

- Ma, non mangerete mica solo il fritto? Due spaghettini allo "scoglio" come primo, che ne dite? Ci vogliono... - insistette Mario.

- No, io non ce la faccio: se mangio il primo, non mangio il secondo. Magari lui sì, lui è capace di mangiarli, vero Rizzo? - Disse il Vannucci rivolto al collega.

- Se li mangia pure lei, Ispetto'.

- E dai, non fare il timido. Non ti vergognerai mica? Fai una cosa Mario: lascia perdere il fritto, ho cambiato idea, facci un paio di spaghetti allo scoglio e fagli piuttosto assaggiare un po' del tuo cacciùcco a questo zulù. Ce ne fai uno e lo mangiamo in due. Scommetto che a Roma non sapete nemmeno che roba è "il cacciùcco" alla viareggina. Dai, dai, fagli fare un bagno di cultura a questo forestiero.

- Va bene, aggiudicato. Un po' di vino bianco, bello fresco? - Chiese Mario.

- No, sono in servizio e poi con questo caldo...

- Appunto perché fa caldo, Ispetto'. Bello fresco, - insistette Rizzo, seriamente intenzionato ad approfittare del buon umore dell'Ispettore. - Se dobbiamo acculturarci, acculturiamoci bene, no?

- Ma sì! Tanto poi abbiamo finito il turno, - acconsentì Luca.

- Ti porto una bottiglia di Luni, di quello buono.

- No, va bene quello della casa.

- Te non ti preoccupare, - rispose Mario, prendendo definitivamente in mano la situazione. - Non rompere i coglioni e lasciati servire.

Appena Mario ebbe finito di prendere l'ordinazione, si avvicinò timidamente Silvia.

- Ciao.

- Ciao, - rispose Luca, mentre Rizzo approfittò diplomaticamente della situazione per andare al bagno.

- L'acqua come la volete, - chiese la ragazza visibilmente imbarazzata. - Liscia o gasata?

- Non lo so... ora chiedo al mio collega, appena torna, - rispose Luca, non riuscendo a capire se Silvia non fosse propriamente a suo agio per la sua presenza, oppure per tutto quello che ultimamente era successo e in cui lei si era trovata, suo malgrado.

- Aspetta, - disse, prendendola dolcemente per un braccio. - Tutto bene?

- Sì... cioè, non lo so.

- Stai tranquilla, - le disse Luca, guardandola dolcemente negli occhi.

- Sì, ok, - rispose la ragazza, inspirando un grosso respiro e regalandogli un timido e dolce sorriso.

- Silvia?

- Dimmi!

- Volevo dirti... niente, niente, - s'interruppe Luca, vedendo arrivare Rizzo dal bagno.

L'esperienza della separazione aveva lasciato a Luca una grande cicatrice, profonda come una voragine. Da allora mai più era riuscito ad avvicinare una donna, senza cercare di nascondere sé stesso e aspettandosi in cambio niente più di un'avventura. Un idealista travestito da realista che Silvia, adesso, stava lentamente smascherando senza che lui nemmeno se ne rendesse conto. L'imbarazzo che Luca provava, la timidezza che non aveva mai conosciuto, erano l'evidente segno che il sognatore da qualche parte c'era ancora e che stava ascoltando quelle parole, la voce della ragazza, la dolcezza che essa emanava e che faceva vibrare tutto quanto, intorno e dentro.

Capitolo 23

Era stato veramente un bel momento. Dopo aver mangiato e bevuto, tutti si erano lasciati per un attimo alle spalle il presente per tuffarsi nella rievocazione del passato, nel ricordo di quei bei tempi quando erano ragazzi, quando per tutti sarebbe stato semplicemente impossibile soltanto immaginare quello che in quel momento stava accadendo, l'incubo che tutti loro stavano vivendo.

- Te lo ricordi, Mario, quando si saltava scuola e ci si imboscava alla bilancia di tuo padre?

- Toh, me lo ricordo sì; io, la sera prima facevo sparire le chiavi a mio padre e il giorno dopo, invece di andare a scuola, passavamo intere mattinate in padule a pescare colla bilancia.

- Il fatto è, che se pescavamo qualcosa non potevamo certo portarlo a casa, ma allo stesso tempo ridargli la via ci dispiaceva e allora lo cucinavamo lì, nel cucinotto dello chalet... certe mangiate, eh, Mario?

Persino Rizzo, da buon romano, si era lasciato andare in esilaranti aneddoti della sua vita. Sia Mario che Luca arrivarono alla conclusione che, se mai si fosse stancato di fare il poliziotto, Rizzo avrebbe sicuramente avuto un futuro come cabarettista. Così, ridendo e scherzando si fecero le cinque e tutti si salutarono. Luca s'incamminò verso il molo con la testa ancora nei ricordi. Man mano che il mare si avvicinava sentiva sempre più allontanarsi le voci del passato, mentre cominciavano a farsi sempre più forti quelle del presente...

- Uno sconosciuto, che dice di chiamarsi Andrea De Felice, aggancia Laura su Facebook. Lo sconosciuto avvia una relazione con la ragazza chiedendole, però, di non rivelarne mai l'esistenza a nessuno della sua famiglia. La coinvolge e la suggestiona interrompendo poi la relazione bruscamente, quando viene a sapere che i genitori di lei vengono informati e quando il padre, a proposito, chiede di vederlo in faccia. Durante l'ultima conversazione con Laura, lo sconosciuto pronuncia una frase incomprensibile e minacciosa: 'conta i giorni fino a che l'inizio incontrerà la fine e quel giorno vedrai, tu tornerai per sempre mia'. Il grado di coinvolgimento di Laura è tale da spingerla a tentare il suicidio. Mentre Laura si trova in Ospedale, riceve la visita di un ragazzo che Mario, secondo la descrizione fornita da Laura, sembra riconoscere nel ragazzo che qualche attimo prima vede parlare animosamente, fuori dal pronto soccorso, con l'Avvocato De Santis. Il ragazzo verrà poi identificato come Carmine Iorio, un giovane napoletano che vive del commercio di quadri e che spesso, sostiene lui, per lavoro si reca in Versilia. Mentre rientra a casa, Mario riceve una telefonata da uno sconosciuto che chiede di parlare con Laura, quando si rende conto che non è Laura al telefono, lo sconosciuto chiude la comunicazione. La telefonata risulta provenire da una cabina telefonica a Migliarino. Uscita dall'ospedale Laura riprende il controllo di sé stessa e decide di uscire un sabato sera con un amico, Renzo Ghilarducci, il quale, la sera stessa viene ucciso nel bagno del Pub Caracas. Il killer lascia sulla scena del crimine una collanina di perline colorate di plastica, non si sa se è una firma o un messaggio. Laura riferisce di aver ricevuto la telefonata di questo Andrea un attimo prima del ritrovamento del cadavere del ragazzo. La SIM con la quale lo sconosciuto telefona a Laura risulta clonata da quella realmente intestata ad Andrea De Felice, il quale, sulla base delle immagini del profilo di Facebook, viene riconosciuto ma nega, sia di conoscere Laura, sia di aver mai posseduto quel numero. Lo sconosciuto, sempre durante la relazione, fa parlare Laura anche con i propri presunti genitori. Laura, durante il confronto vocale con Andrea De Felice e i suoi genitori non riconosce in nessun membro della famiglia la voce dello sconosciuto, ma riconoscc, invccc, quella dei genitori, che però negano d'aver mai parlato con lei. Tutti i membri della famiglia De Felice hanno un alibi per l'ora dell'omicidio. Mario riceve la visita di un certo Vincenzo Fiore, il quale gli chiede, in maniera sibillina e sembra poco casuale, se i suoi figli restano sempre da soli a casa la sera e Vincenzo Fiore è legato da una stretta amicizia col De Santis. Durante lo svolgimento delle indagini, nell'ambito del giro dell'Avvocato De Santis, Ciro Vitiello sembra abbia qualcosa da riferire, ma non fa in tempo a parlare poiché viene ammazzato sulla spiaggia di Torre del Lago, dove avrebbe dovuto incontrare Rizzo. Omicidio con stesse modalità di esecuzione, stessa arma e ancora una collanina, con un particolare che potrebbe avere dei significati: la collanina è un po' più corta della precedente. Se sia un messaggio o una firma non si sa, è comunque evidente che i due omicidi sono opera della stessa persona, o perlomeno sono collegati. Viene interrogato Carmine Iorio, il quale conferma d'essersi trovato al pronto soccorso la sera del tentato suicidio di Laura, ma nega di conoscere la ragazza ammettendo, però, di aver visto una ragazza su una barella e di averci scambiato alcune parole.

Anche Carmine Iorio ha un alibi per l'ora dell'omicidio. Nonostante la vigilanza attorno alla famiglia Maffei, lo sconosciuto rapisce la piccola Chiara: è un chiaro gesto di sfida a dimostrazione della sua sicurezza e determinazione. Di nuovo una collanina e ancora più corta della precedente. La descrizione della bimba conferma poi quella del cameriere del Caracas. Dunque: la descrizione, la collanina e il fatto che lo sconosciuto si faccia identificare dalla bambina, come Andrea, confermano che lo sconosciuto telefonista e il killer sono la stessa persona.

Completamente di nuovo catturato dalla realtà, Luca si rese conto che il tempo era volato, si erano fatte le sette: - forse è il caso di rientrare, - si chiese. - Ma a fare cosa? Tanto non c'è nessuno a casa che m'aspetta, - pensò, provando un grande senso di malinconia.

Da quando si era separato da Luisa, aveva cominciato a provare ammirazione e anche un po' d'invidia per Mario: lui era riuscito a tenere insieme la sua famiglia. Forse era anche per questo che Luca si era preso a cuore quella faccenda: in qualche modo sentiva la famiglia di Mario un po' anche sua, si sentiva parte di essa, parte di quel nucleo affettivo che lui, invece, non aveva saputo coltivare.

Capitolo 24

Luca Vannucci si era sposato nel duemilasei con Luisa Filippi, una ragazza conosciuta al bagno Veronica di Torre del Lago. Lei era di Prato, veniva tutti gli anni in vacanza con la famiglia, era figlia unica, i genitori avevano una piccola industria tessile, persone benestanti che stravedevano per Luisa e per lei avrebbero oltrepassato l'impossibile. Bionda, la tipica "Barbie", indubbiamente molto bella, Luisa era la classica ragazza viziata, abituata a ottenere sempre tutto e in più fortemente consapevole del proprio fascino.

Luca, che con le donne ci sapeva veramente fare e nonostante fosse, come lo definiva Mario, un "cuccadores", con Luisa dovette però lavorarci parecchio: vuoi per il suo atteggiamento superbo, vuoi per i suoi genitori che non nutrivano una gran simpatia per Luca o forse ambivano soltanto a ben altro partito per la loro figlia, sta comunque di fatto che, per "arrivare ad inzuppare il biscotto", per usare le parole di Mario, Luca dovette faticar non poco. Non fu così un'impresa facile ma alla fine, il buon vecchio Luca, con l'arte della pazienza e dello sfinimento, ci arrivò.

Ci fu un lungo fidanzamento che finì poi per trasformarsi in un bellissimo, ma non altrettanto lungo matrimonio, dal quale nacque quasi subito Sara: una bellissima bambina, bionda come la madre. Per Luca tuttavia, con l'arrivo della bimba, i problemi d'intesa con i suoceri già all'inizio prospettati divennero più marcati ed evidenti: i genitori di lei premevano affinché gli sposini si trasferissero a Prato, mentre Luca, che in quel periodo prestava servizio a Massa, non intendeva muoversi dalla Versilia, o perlomeno avrebbe voluto fosse una sua scelta, non dei suoceri.

Luisa, al contrario, pendeva dalle labbra della madre e in più Luisa aveva spesso un comportamento non troppo da fedele mogliettina: diverse volte Mario aveva colto quel suo modo un po' civettuolo d'interloquire con esponenti dell'altro sesso, una volta, durante un veglione di Capodanno, forse dopo qualche bicchiere di troppo, Luisa ci provò addirittura con Mario stesso. Luca non ebbe mai modo di venire a conoscenza di questo episodio, a lungo andare il risultato delle somme fu comunque lo stesso: la romantica storia di Luca e Luisa finì presto dall'Avvocato, con la bambina al centro di un'eterna contesa e motivo di continue e spesso violente discussioni.

Sara subiva in silenzio le conseguenze e ne soffriva parecchio, era una bambina chiusa con evidenti problemi nel socializzare, al contrario della madre che nel frattempo, per non rischiare di raffreddarsi troppo, si era già accompagnata con un certo Valerio, istruttore di aerobica in una palestra di Prato: il classico macho abbronzato con tanto di canottiera, muscoli, tatuaggi e più gasato di una Coca Cola.

Luca, naturalmente, per infiniti e legittimi motivi, vedeva questo Valerio come un cazzotto in un occhio. Fu sempre e solo il buon senso e l'autocontrollo del poliziotto a salvare in più di un'occasione "Rambo", come lo chiamava Luca, da una doverosa lezione.

- Però, è carino qui, - disse Silvia.

- Sì, è molto tranquillo e fanno una pizza che è fenomenale. A proposito, com'è che sei riuscita ad avere la serata libera, nonostante oggi non sia il giorno di chiusura del ristorante di Mario?

- Francamente non lo so, ma credo che sia un pochino merito tuo, Luca.

- Merito mio? In che senso?

- Nel senso che, come gli ho detto che mi avevi invitato a uscire con te, sia Mario che Rosa mi sono sembrati addirittura contenti.

- Quel maledetto...

- Perché maledetto?

- Lo so io... ora ho capito perché mi ha telefonato oggi pomeriggio, perché voleva sapere se ero di servizio e perché gli è, diciamo "sfuggito", che stasera ti avrebbe lasciato la serata libera, visto che gli sembravi un po' stanca.

- Allora mi hai chiamato perché te lo ha suggerito Mario?

- No, no. Però ha combinato lui a nostra insaputa. Non che la cosa mi dispiaccia, è solo che quell'uomo non riesce proprio a farsi i fatti suoi.

- Forse è perché è affezionato a te, ti vuole bene.

- Sì, hai ragione è come un fratello... comunque, questo non gli dà diritto di farmi da babysitter.

- Allora non sei contento di essere qui, stasera?

- Nooo, non volevo dire questo, anzi... ma, porca miseria, riesco sempre a incartarmi. No no, mi fa molto piacere averti rivista.

Silvia sorrise e quel sorriso mandò ancora più nel pallone Luca, di quanto non vi fosse già arrivato da solo.

- Vogliamo ordinare? - Disse Luca, sentendosi scendere una goccia di sudore dall'angolo della fronte.

- Anche a me fa piacere essere qui, Luca, - disse la ragazza guardandolo negli occhi. - Sì, dai, ordiniamo.

C'era una bella vista da lassù; era un ristorantino sopra Capezzano, di quelli a conduzione familiare, un po' come la trattoria di Mario. Unica differenza che, se alla Trattoria sul Porto era possibile gustare del buon pesce, lì, in quel suggestivo angolo dell'alta Versilia, la faceva da padrona la più tipica cucina dell'entroterra a base di carne.

- Io, fossi in te, anche se vuoi proprio mangiare la pizza, prima assaggerei i "tortelli", - consigliò Luca. - Li fanno a mano loro e sono veramente speciali.

- Nooo, non ce la farei mai a mangiare due piatti.

- Facciamo così, allora: prendiamo due porzioni di tortelli e poi ci dividiamo una pizza? Oppure il contrario, ti va?

- Ok, ci sto. Però dividiamo i tortelli, - rispose Silvia, accompagnando la sua risposta con un dolce sorriso di complicità, che non fece altro che alzare di qualche grado la temperatura attorno a Luca.

- La pizza come la prendiamo? - Chiese Luca, asciugandosi furtivamente sotto il tavolo le mani sudate con la tovaglia.

- Come vuoi tu, basta che non ci siano acciughe: non le sopporto.

- Ecco, appunto, - pensò Luca, visto che lui mangiava abitualmente solo la pizza con acciughe e capperi. - Non so, allora... facciamo una margherita? Così non possiamo sbagliarci?

- Sì, dai! Vada per la margherita.

Fu per Luca una piacevole serata, una necessaria interruzione del suo continuum quotidiano, fatto di lavoro, delle solite cose, della solita solitudine. Silvia era simpatica, serena e soprattutto era capace di trasmettere quella sua quiete nel cuore. Terminata la cena fecero due passi per i vicoli dell'antico paesino.

- Sei stato molto bravo a ritrovare la bambina, lo sai?

- Veramente io non ho fatto molto, anzi, direi che abbiamo avuto molta fortuna, soprattutto perché non le ha fatto del male.

- Non riesco a pensare a cosa può aver rischiato quella creatura, - commentò Silvia. - Con tutto quello che si legge sui giornali.

- Già... e la cosa mi preoccupa un po'.

- Cosa vuoi dire? Avresti preferito che le facesse del male?

- No, no, non mi fraintendere, anzi, ringraziamo Dio che questo è scemo, ma non fino a certi punti; solo che... sì, ecco, mi preoccupa la singolarità del suo modus operandi: e al di fuori dagli standard comportamentali di certi soggetti, sembra avere dei codici d'onore ben definiti che gli impediscono di uscire da un preciso disegno. Mah! Ti dispiace se cambiamo argomento? Anche perché non dovrei parlarti di certe cose, c'è un'indagine in corso.

- Sì, capisco, - rispose la ragazza. - Hai ragione.

Capitolo 25

Nonostante si fosse fatto tutto il necessario per tenere la cosa nascosta, la notizia uscì inaspettatamente qualche giorno dopo sui giornali e divenne ben presto l'argomento di discussione preferito su tutte le spiagge della Versilia; la notizia ebbe un'eco che colse tutti impreparati, soprattutto perché la voce non rimase circoscritta al rapimento di Chiara, ma nei giorni successivi e senza apparente fondamento, la stampa avanzò l'ipotesi che l'episodio del rapimento fosse legato ai due recenti omicidi. La supposizione scosse notevolmente i pacifici e goliardici spiriti dei viareggini, abituati a far parlar di loro per ben altri argomenti.

Effettivamente, dopo il "Caso Lavorini" avvenuto nel 1969, la vicenda fu per la città un inaspettato e sgradevole ritorno alla ribalta della cronaca nera, soprattutto per i Maffei stessi che si trovarono, loro malgrado, al centro dell'attenzione e della curiosità di tutta Viareggio. Questo mandò in bestia Mario, ma ancor di più il dirigente del Commissariato: il Dottor Giusti.

- Lasciamo proseguire l'indagine ai giornali, così noi possiamo andarcene tutti al mare e veniamo solo a ritirare lo stipendio a fine mese, che ne dice, Ispettore Vannucci? Magari loro risolvono il caso prima di noi!

Vannucci avrebbe preferito fare il bagno in una vasca piena di tracine piuttosto di affrontare il Dottor Giusti, ma non aveva scelta.

- Non riesco a capire come la cosa possa essere uscita, sappiamo che alcuni giornalisti presidiano quotidianamente la Procura a caccia di scoop, ma un'indagine di omicidio è sempre ben coperta dal segreto istruttorio e non può certo essere uscita da là, - rispose timidamente il Vannucci. - Farò delle indagini.

- Altre indagini, - s'infuriò il Commissario Giusti. - Lei mi deve portare dei fatti, delle prove! Mi deve portare le palle di questo squilibrato qui, subito, su questa scrivania! E se non mi porta subito qualcosa, si ricordi che potrebbero finirci le sue di palle, su questa scrivania! Faccia lei. Ah, - concluse il Commissario. - Un'altra cosa: voglio lo stronzo che ha divulgato la notizia!

- Tutto lo stronzo, o gli bastano le palle?

- Ispettore, che fa? Mi prende per il culo?

- No, si figuri, cercavo solo di portarmi avanti con il lavoro, sa: non vorrei rovinarle le ferie, Dottore.

- Ispettore... lei non mi è mai piaciuto, quindi, l'avverto: sta giocando col fuoco.

- Se è per questo la informo, Dottore, che il sentimento è pienamente contraccambiato e, visto che oggi siamo così in vena di intimità, - continuò il Vannucci con tono serafico. - Le voglio confessare che su questa scrivania mi farebbe veramente piacere vederci le sue, di palle. Ora però mi scusi, mi fermerei volentieri ancora un po', la sua compagnia è veramente gradevole e stimolante e poi, con quest'aria condizionata, si sta veramente bene qui, ma il dovere mi chiama: devo andare a caccia di palle. Buona giornata, Dottore.

Tutta la famiglia Maffei era sotto un enorme riflettore e questo non faceva altro che aumentare quella confusione e quel senso di smarrimento che già abbondavano. I pettegolezzi e le teorie volavano come gabbiani su tutta la città e, se quando gioca la Nazionale tutti si trasformano in Commissari Tecnici, in quei giorni tutta Viareggio si riempì di cloni del Tenente Colombo.

Per Luca, invece, si erano semplicemente moltiplicati i problemi: il caso non presentava serie vie di soluzione e in più, ora, doveva anche capire chi avesse dato quella storia in pasto ai giornali.

Il suo primo pensiero andò allo stesso killer:

- Non sarebbe la prima volta, - pensò il Vannucci. - Anzi, sarebbe tipico per questo tipo di personaggio fare pubblicità alle proprie gesta, o magari semplicemente fare rumore per confondere le cose.

Poi, c'era il Dottor Giusti: adesso con lui era guerra aperta, ma comunque era evidente che alla fine il brufolo sarebbe dovuto scoppiare, non c'era mai stato un grande feeling tra lui e il Commissario e in più, il Vannucci, era noto per la sua poca pazienza e la sua altrettanta diplomazia.

- Mi sbaglio o c'è aria da fotocopie, oggi? - Disse Rizzo, immaginando lo stato d'animo del collega.

- Io gli fotocopierei il muso a quel segaiolo, - rispose il Vannucci ancora evidentemente alterato per l'incontro col Commissario Giusti.

- Ispetto', non si avvilisca, tanto non ci si può far niente: il Giusti scemo è e scemo morirà, è un caso clinico. Per cambiare discorso, Ispetto', se permette le volevo chiedere un consiglio...

- Dimmi.

- Lei ne capisce di finanziamenti, mutui e roba varia, Ispetto'?

- A voja! Grazie a mia moglie c'ho più chiodi io che una ferramenta. Che volevi sapere?

- No, ecco, è che volevo cambiare la macchina e... sì, insomma, solo con i miei mezzi mi sa che non c'arrivo.

- E quanto c'avresti te? A quanto ammonterebbero i tuoi mezzi?

- Beh... praticamente a niente.

- Per la miseria! Non chiamarli mezzi allora, casomai, chiamali vuoti.

- Ma con la busta paga non crede che potrebbero finanziarmi?

Con la tua busta paga al massimo ti fanno gli auguri, Rizzo. Comunque, prova alla banca dove c'hai il conto. Nella peggiore delle ipotesi si metteranno a ridere.

- Ispetto', ora mi sta facendo venire l'ansia.

- Oh, ci puoi sempre provare, non ti picchieranno mica. Giù... aperitivo?

- Ma sì, - rispose deluso, Rizzo. - Affoghiamo i nostri pensieri.

- Magari si potessero affogare solo i pensieri, - commentò pensieroso l'Ispettore. - Qui se non risolviamo il caso alla svelta, il Giusti, è noi che c'affoga.

Capitolo 26

Il Vannucci e Rizzo stavano rientrando in Commissariato, avevano appena concluso degli accertamenti in una villa a Lido dove nella notte era stato commesso un furto. Nonostante il caldo sole e il cielo di un intenso azzurro, talmente azzurro da sembrare quasi falso, quello era il tipico giorno che Rizzo avrebbe preferito passare in galera piuttosto che in coppia col collega: in quei giorni l'Ispettore era particolarmente intrattabile, perché fortemente preso dal caso, in più avevano appena ricevuto dalla Questura di Livorno una segnalazione riguardante due ricercati, due serbi particolarmente pericolosi che pareva si aggirassero in Toscana e, come se non bastasse, il Vannucci aveva appena finito di litigare con la sua ex moglie.

- Vannucci? - Disse il Piantone.

- Che c'è, - rispose sballato, l'Ispettore.

- Ha telefonato un certo Don Carlo della parrocchia di Torre del Lago, dice che ti conosce. Ha detto che ti deve parlare subito, pare sia qualcosa d'importante.

- Qualche zingara gli avrà svuotato le cassettine delle elemosine, - rispose il Vannucci. - Va bene, ci passo nel pomeriggio.

Don Carlo era il vecchio Parroco della comunità di Torre del Lago, aveva più di settant'anni, in pratica aveva tenuto a dottrina tutti i ragazzi del paese, anche quelli come Mario e Luca ormai vicini alla cinquantina. Era un omone alto circa un metro e ottanta, una pasta d'uomo che non aveva però mai disdegnato, quando c'è ne era stato bisogno, di assestare anche degli energici ceffoni al ragazzino di turno che aveva osato far casino durante la sua dottrina. Luca si ricordava ancora quando, durante una lezione di catechismo, si mise per gioco a tirare "pizzicotti" nelle orecchie dell'amico Mario. Don Carlo, senza neanche guardare, si girò di scatto, stile Chuck Norris e, nel tentativo di colpire Luca il quale schivò il colpo meglio di Van Damme, assestò a Mario con quella mano che sembrava un badile, un "manrovescio" talmente sonoro che risuonò come un petardo, con tanto di eco, per tutta la chiesa.

Ad ogni modo, a parte i suoi burberi sistemi e questa sua decisa esuberanza, tutti gli volevano bene, anche perché il sacerdote aveva sempre trovato il modo di ascoltare e aiutare chiunque, perfino chi, forse, si sarebbe meritato un calcio in culo, più che un sostegno.

Don Carlo Masini, aveva un soprannome: tutti lo chiamavano "Don Perignòn", per il suo segreto amore per i vinelli frizzanti, belli freschi. Naturalmente, un po' per rispetto, un po' per timore, nessuno osava pronunciare quel nomignolo in sua presenza, ma certamente lui ne era a conoscenza. Sapeva e tollerava, come le sue pecorelle capivano e accettavano questa sua debolezza, in una sorta di reciproca e segreta accondiscendenza.

- Don Carlo, come sta? Quant'è che non ci si vedeva, - esclamò con sincera enfasi, il Vannucci. - Ho saputo che mi voleva parlare, mi dica tutto Padre.

Don Carlo abbracciò con caloroso vigore Luca.

- Luca! Delinquente che non sei altro, quanto tempo? E soprattutto che tempi, vero Luca? Ti ricordi quella volta che per acchiappàre te diedi per sbaglio uno schiaffo al tuo amico... come si chiamava? Quello grosso?

- Mario, - rispose Luca.

- Ah, sì! Mario, Mario il Maffei, il figliolo di Gastone... quello che stava al "Borgo". Luca, Luca, n'è passato di tempo, eh?

- Eh sì, - rispose quasi sottovoce, Luca, continuando a guardarsi intorno.

Non se la ricordava così bella quella chiesa, c'erano miriadi di ricordi legati a quell'edificio soprattutto con Mario da ragazzi anche se, in quel momento, Luca aveva negli occhi ben altri ricordi legati a quella chiesa: altre reminiscenze felici, con Luisa.

- Ho sentito della bimbina di... appunto lui... come si chiama? Insomma la bimbina del figliolo di Gastone buonanima.

- Sì, mi dica don Carlo, - rispose Luca incuriosito.

- Appunto di questo ti volevo parlare, della sua bimbina: quel pomeriggio che l'hanno rapita, saranno state le quattro, stavo mettendo un po' in ordine l'altare, quando in fondo alla chiesa ho scorto due figure sedute sulle ultime panche...

- Continui Padre, - lo esortò Luca, tornando lentamente nel suo ruolo di poliziotto.

- C'era un ragazzo assieme a un bambino e parlavano piano piano tra loro. Lì per lì non c'ho data peso e ho continuato a trafficare dentro e fuori dalla Sacrestia. A un certo punto... non l'ho più visti, come svaniti nel nulla.

- Me li descriva meglio, Padre.

- Aspetta! Aspetta! Fammi finire... poi sono uscito fuori, da dietro la Sacrestia, sai dove ti nascondevi sempre, te e il tuo amico, quando non volevate venire a dottrina.

- Sì, sì, continui Padre.

- Beh, insomma, mentre ero lì, li ho rivisti nel campetto, seduti sul muretto di fianco. Erano più vicini e li ho potuti vedere meglio; il ragazzo, insomma, non era tanto un ragazzo giovane, avrà avuto una trentina d'anni e il bimbino invece era una bimba, una bimbina piccina sui cinque o sei anni. Capisci perché t'ho chiamato Luca? Non sarà mica stata la figliola del... come si chiama...

- Del Maffei, - lo aiutò a terminare la frase Luca. - Non lo so, Padre. Può dirmi qualcosa di più sul ragazzo, che so... com'era vestito, i lineamenti?

- Aveva una maglietta bianca con un disegno, di quelle che vanno di moda ora e poi... portava un cappellino come quelli dei giocatori di baseball, sai quel gioco americano?

- Il ragazzo quant'era alto? - Domandò Luca.

- Mah... non lo so, erano seduti, comunque, non mi sembrava tanto basso...più o meno sarà stato alto come te Luca, alto e piuttosto magro... come si dice? Longilineo!

*   *   *

Più tardi, in Commissariato.

- Capisci Rizzo? Lui se ne va in giro tranquillo, mentre noi diventiamo matti a cercarlo.

- Praticamente, - rispose Rizzo. - Ci sta prendendo per il culo.

- Sì, - esclamò il Vannucci. - Ci sta proprio prendendo per il culo! Ha voglia di giocare, quel figlio di puttana. Accidenti a lui e alla maiala della su' mamma. Chiama... coso, come si chiama, quello degli identikit!

- Esposito, Ispetto'.

- Ecco, lui. Fallo venire qui, dirameremo un identikit! Se l'amico vuol giocare, beh, noi l'accontentiamo... giusto, Rizzo?

- Giusto, Ispetto'!

Capitolo 27

- Buon giorno! Siamo l'Ispettore Vannucci e il Sovrintendente Rizzo, del Commissariato di Polizia di Viareggio. Vorremmo parlare con il signor Tofanelli...

- Non so se è in ufficio, un attimo che controllo.

Fulvio Tofanelli era il giornalista del quotidiano che si occupava della cronaca locale, autore dell'articolo dove s'insinuava l'ipotesi che il rapimento della figlia dei Maffei fosse legato, o perlomeno in relazione, con gli omicidi avvenuti nella primavera a Viareggio.

- Prego, salite le scale: la seconda porta nel corridoio a destra.

L'ispettore Vannucci e il Sovrintendente Rizzo salirono le scale; c'era una certa atmosfera stagna, per niente dinamica, che a Rizzo dette l'impressione di essere all'ufficio del catasto, piuttosto che in una redazione giornalistica.

- Il signor Tofanelli?

- Sì! Buongiorno.

- Buongiorno, siamo funzionari di Polizia, avremmo bisogno di parlarle. Ha cinque minuti?

- Certo, accomodatevi pure, prego, - rispose il giornalista, mostrandosi molto disponibile.

- Siamo qui a proposito dell'articolo uscito nella pagina della cronaca di Viareggio il 22 giugno, dove lei ha scritto che il rapimento della bambina, Chiara Maffei, potrebbe essere legato agli omicidi del Caracas e di Torre del Lago.

- E... sostanzialmente, - chiese il giornalista, con un tono abbastanza prevenuto. - Cosa vorrebbe sapere?

Il Vannucci rispose pronto, cercando di stuzzicare l'orgoglio del professionista:

- L'accontento subito: ciò che ha scritto è frutto della sua immaginazione, oppure gli è stato suggerito? O meglio, quale sarebbe la sua fonte d'ispirazione?

- Sta forse insinuando, - rispose il giornalista, dimostrando in maniera evidente di avere abboccato l'amo dell'Ispettore. - Sta forse insinuando che io m'inventi le notizie?

- Non lo so, me lo dica lei.

- Innanzitutto io non ho affermato niente, casomai ho avanzato delle ipotesi: delle semplici ipotesi.

- E queste ipotesi, sulla base di quali dati le avrebbe formulate?

- Non capisco perché me lo domanda Ispettore, ho per caso colto nel segno?

- Mi scusi, signor Tofanelli, ma lei fa il giornalista o l'indovino?

- Continuò il Vannucci, in modo ancora più provocatorio. - Riporta dei fatti o fa previsioni con la sfera di cristallo? Parliamoci chiaro, signor Tofanelli, perché io non ho tempo da perdere: per scrivere quello che ha scritto lei doveva essere, per forza di cose, a conoscenza di particolari informazioni coperte dal segreto istruttorio, alle quali lei non poteva assolutamente avere accesso. Quindi: o lei tira a indovinare e in questo caso le consiglio di cambiare mestiere, o qualcuno le ha fornito il materiale. Sono stato chiaro? - Disse il Vannucci, riacquistando sulle ultime tre parole un tono calmo e accomodante.

Fulvio Tofanelli restò un attimo in silenzio, dopodiché rispose:

- Una telefonata... una telefonata anonima, niente di più.

- Una telefonata anonima, - urlò il Vannucci, alzandosi in piedi e sporgendosi minaccioso sulla scrivania, fin sulla faccia del giornalista. - Lei scrive quello che uno sconosciuto le suggerisce, senza nemmeno verificare?! Lo sa che questo informatore potrebbe essere implicato nella faccenda e che lei, con quel cazzo di articolo, potrebbe avere compromesso le indagini? Lo sa che lei, caro signor Tofanelli, potrebbe essere denunciato per una padellata di reati che neanche se lo immagina?!

Il Tofanelli non osò replicare e Vannucci si rimise seduto, mantenendo comunque un tono perentorio.

- Mi dice tutto ora, o la devo portare in Commissariato?

- No, no, ha ragione. Mi dica che cosa vuole sapere.

- Mi parli della persona che le ha dato la dritta.

- Una voce, solo una voce... un uomo, mi è sembrato potesse avere dai trenta ai quarant'anni, una voce un po'... nasale, come se fosse raffreddato, ma senza particolari accenti.

- E cosa gli avrebbe detto, esattamente?

- Che quello che era successo faceva parte di un disegno ben preciso e che il rapimento della bambina era un avvertimento... un avvertimento indirizzato a qualcuno in particolare.

- E chi sarebbe questo qualcuno?

- Non lo so, ha subito riattaccato.

- Su quale telefono l'ha contattata?

- Qui, in ufficio.

- Non ha visto il numero?

- Non è possibile vederlo da questo telefono, - rispose il giornalista, strofinandosi la faccia con le mani.

- Va bene. Si tenga a disposizione, signor Tofanelli.

- Aspetti, Ispettore!

- Sì?

- Cosa mi succederà?

- A lei è questo che la preoccupa, vero? Buona giornata, - terminò l'Ispettore, alzandosi in piedi e uscendo subito dopo dalla stanza, seguito a ruota da Rizzo. - Signor Tofanelli!

Capitolo 28

- Me lo aspettavo, Rizzo! Appena rientrati fai richiesta dei tabulati dalla compagnia telefonica, vediamo con che numero ha chiamato, anche se sicuramente, qualsiasi numero abbia usato, risulterà un altro bel buco nell'acqua; comunque, - continuò l'Ispettore, - il giovanotto è chiaro che vuole fare rumore per incasinare per bene tutto... e ci sta sfidando!

- E ha trovato pure il soggetto giusto per farlo, - aggiunse Rizzo, avviando l'automobile. - Il giornalista che, per fare lo scoop, racconterebbe pure come scopa sua moglie!

- Ci sta però indicando dove guardare, ma noi non capiamo; anzi, forse più che dove, direi che ci sta indicando il come guardare la cosa... ma non riesco a capire. Ha detto che tutto fa parte di un disegno, ma quale?

- Forse il messaggio non è diretto a noi, - commentò Rizzo.

- E a chi, allora? A Mario? A Laura? A chi, maledizione?... Perché ti fermi? - Domandò il Vannucci, vedendo Rizzo rallentare e accostare sul lato della strada.

- Le sigarette, Ispetto', un secondo e arrivo.

- Ma, te lo vuoi mettere in testa che fumare fa male? Chioccóne!

Luca non fumava, o meglio: aveva smesso grazie all'insistenza di Luisa, l'unica cosa, in fondo, di cui poteva esserle grato.

- Aspetta! Vengo anch'io, ci prendiamo un caffè, dai. Parcheggia meglio.

Si sedettero a un tavolino fuori dal Bar Internazionale e ordinarono due caffè, quando a un certo punto:

- Rizzo che c'hai? - Domandò il Vannucci, vedendo il Sovrintendente Rizzo bloccarsi improvvisamente.

- Ispetto', dietro di lei! Non si volti, per l'amor di Dio, - disse Rizzo con enfasi ma a bassa voce, cercando di non modificare troppo il suo comportamento. - Si ricorda dei due serbi della segnalazione?

- Quelli ricercati? - Chiese il Vannucci, anche lui rimanendo il più possibilmente naturale.

- Se non mi sbaglio, e mi sa che non mi sbaglio Ispetto', sono proprio dietro di lei.

I due erano seduti due tavolini dopo il loro, nell'angolo della verandina del bar: uno aveva circa trenta, trentacinque anni, piuttosto tarchiato, moro con i baffi appena accennati; l'altro era più giovane, non aveva più di venticinque anni, piuttosto mingherlino, capelli corti quasi a zero e biondi.

- Sei sicuro, Rizzo?

- Ispetto', faccia finta d'andare al bagno, così gli dà un'occhiata.

- No! Se sono loro non c'è tempo da perdere, bisogna muoversi.

- Ispetto'... ce l'ha il ferro, vero?

- Certo... nell'armadietto.

- Eccolo là! - Esclamò rassegnato, Rizzo.

- Ispetto', questi sono due animali! Forse sarebbe meglio avvisare il Commissariato, anche perché qui c'è gente... può succedere un macello.

- Ti chiamerò "Capitan Coraggio" d'ora in poi. Te coprimi e non ti preoccupare.

Il Vannucci si alzò in piedi, mentre Rizzo ne approfittò per togliere discretamente la sicura alla pistola che teneva dietro la schiena. L'Ispettore si girò verso i due, constatando con preoccupazione che

Rizzo aveva ragione, erano proprio loro: Savo Radojicic e Vladimir Vanja, ricercati per rapina a mano armata e omicidio. Erano stati definiti "i macellai" per la disinvoltura e la freddezza con cui avevano, più di una volta, ucciso.

- Buon giorno, Polizia. Vuole favorire i documenti, per favore? - Chiese il Vannucci, esibendo il proprio tesserino.

- Va bene, - rispose calmo e sorridente il primo slavo seduto alla destra del Vannucci, portando la propria mano destra alla tasca interna del giubbotto.

Rizzo si era già alzato in piedi restando alle spalle del Vannucci, spostato leggermente sulla sinistra per avere la visuale completa di entrambi i sospettati. Fu in una frazione di secondo che il primo slavo estrasse dalla tasca un coltello a scatto e, alzandosi nello stesso tempo in piedi, fece viaggiare la lama dello stesso con un fulmineo movimento circolare in direzione della gola del Vannucci. L'Ispettore, con una prontezza incredibile di riflessi, spostò il busto all'indietro, quel tanto che bastò a far passare la lama senza che la stessa potesse toccare il bersaglio. Appena il coltello fu passato, il Vannucci avanzò di mezzo passo verso il primo individuo, "agganciò" con il proprio braccio sinistro quello destro armato dell'aggressore, che nel frattempo stava tornando minaccioso verso di lui e, bloccandone l'articolazione, sferrò contemporaneamente una ginocchiata con la gamba sinistra ai testicoli dell'avversario. Rizzo nel frattempo aveva estratto la pistola gridando:

- Fermi! Polizia!

Il secondo tipo, il biondino, quasi contemporaneamente si era alzato in piedi estraendo anch'esso la pistola, il Vannucci, immaginando il movimento, dopo aver colpito al basso ventre il primo serbo, senza neanche riposare la gamba a terra e ruotando leggermente il piede d'appoggio, sferrò un calcio laterale a memoria nella direzione del secondo, colpendolo alla milza. Il biondino finì contro la recinzione della veranda del bar.

Nonostante, però, Rizzo lo tenesse sotto tiro, il biondino sollevò comunque la pistola puntandola in direzione del poliziotto. Due colpi in rapida sequenza partirono dall'arma d'ordinanza del Sovrintendente, colpendo il soggetto in pieno petto. Questi finì a terra scivolando contro la parete, restando seduto con le spalle appoggiate tra una fioriera e la sedia rovesciata, con una vistosa macchia di sangue sulla maglietta bianca.

Il Vannucci, che nel frattempo aveva immobilizzato il primo, gridò:

- Rizzo! Chiama il Commissariato! Fatti mandare un'ambulanza!

Rizzo rimase immobile con la pistola fra le mani, fisso a guardare il biondino esanime.

- Rizzo, muoviti! - Il Vannucci, intuendo quello che stava succedendo al collega, una volta ammanettato il primo slavo si avvicinò al secondo, gli tolse la pistola che ancora teneva nelle mani, tastò la vena giugulare e disse: - non è morto, butta giù la pistola! Adesso, Michele, dai!

Il Vannucci si alzò in piedi e tra le facce incredule e spaventate dei presenti nel bar si avvicinò a Rizzo:

- Tutto bene, Michele?

Rizzo non rispose, tremava, era bianco come un cadavere, in evidente stato di shock. Arrivarono due volanti e l'ambulanza, con il Sovrintendente che continuava a non parlare.

- Non avevi mai sparato a nessuno, vero Michele? - Domandò il Vannucci, mentre si dirigevano verso il Commissariato.

Rizzo non rispose. Squillò il telefonino del Vannucci.

- Ispettore, il serbo è morto.

Era l'Agente scelto Orlandi. Il Vannucci riattaccò senza dire niente.

- Ispetto'... - chiese Rizzo, con un filo di voce. - È morto, vero?

- Michele, lo so. Ma se non lo facevi te, lo avrebbe fatto lui. Sei un poliziotto, - disse il Vannucci, cercando di trasmettere un po' di coraggio al collega. - Prima o poi sarebbe potuto capitare.

Rizzo non volle prendersi neanche una giornata di riposo. Nonostante l'Ispettore facesse di tutto per cercare di sbloccare il collega, Rizzo continuava a essere assente e perso nei suoi pensieri. La crisi durò tre giorni fino a che, il pomeriggio del terzo giorno, esattamente come fece a suo tempo Cristo, anche Rizzo resuscitò.

- Ce lo facciamo un panino, Ispetto'?

- Ah, bentornato! Se hai fame vuol dire che stai bene, eh Rizzo?

- Disse contento di sentirlo finalmente parlare, il Vannucci.

- E va beh, che vogliamo fare? Non mi faccio accoppare da un serbo, mi faccio sdraià dalla fame? Manco lo so dove si trova questo cazzo di "Serbia"... - rispose il Sovrintendente Rizzo, strofinandosi la nuca e abbozzando un leggero sorriso.

Capitolo 29

Ci volle una trattativa lunga e sfinente, neanche si fosse trattato per il rilascio di un ostaggio, ma alla fine Luca l'aveva spuntata: aveva convinto Luisa a passare tutti assieme il giorno del compleanno di Sara. Gli era costato qualche concessione, ma questo perlomeno lo rendeva sicuro che la sua ex mogliettina, questa volta, non avrebbe fatto scherzi.

Lì per lì, Luisa aveva provato a coinvolgere anche Valerio, il suo fidanzato, sostenendo che in fondo anche lui oramai facesse parte della vita di Sara, ma alla secca risposta di Luca: - Se lo porti l'affogo! Luisa desistette, forse pensando che alla fin fine, il suo ex marito, sarebbe stato anche capacissimo di farlo.

Luca aveva pianificato tutto: la mattina al mare e poi a pranzo da Mario.

I Maffei si resero subito complici pretendendo "carta bianca", non solo per tutto quello che avrebbe riguardato il pranzo, ma anche per la torta, che Mario volle fosse preparata personalmente dal Pezzini, noto pasticciere di Viareggio. Luca insistette per rimandare l'ora del pranzo a dopo la chiusura del ristorante, per consentire ai Maffei di pranzare assieme a loro, ma Mario, forse sperando ancora in un qualche miracolo d'amore, non ne volle sapere.

- Quest'è un giorno speciale ed è tutto per voi, noi non c'entriamo niente. Vedi piuttosto di non fare il bischero e di non litigare, almeno oggi e piuttosto... cerca di parlarci con Luisa, - lo redarguì Mario. - Fallo per la bimba, lascia perdere il tuo solito orgoglio del cavolo, hai capito?

Era tutto pronto: Luca si era preso un giorno di libertà, aveva un sacco di ferie da prendere e quando meglio di quell'occasione per cominciare a consumarle. Sara compiva nove anni e l'evento fu motivo di grandi e complicate consultazioni con Mario e Rosa, per decidere quale regalo comprare. Luca voleva qualcosa che non fosse banale e che potesse avere un certo significato. Si passò così dal giocattolo al profumo, dal necessaire per il trucco al vestitino ma, alla fine, la spuntò l'intelligenza e l'esperienza di Rosa che mise tutti d'accordo, proponendo una collanina d'oro sulla quale incidere il nome della bambina.

Erano le nove del mattino, Luca aveva messo in croce Savino, il gioielliere, perché la collanina fosse pronta in tempo, l'era costato un occhio della testa e Sara stava per arrivare.

- Ce l'ho fatta, - pensò Luca trionfante, quando il suo telefonino iniziò a squillare.

- Ispetto'! Ispetto'! Deve venire subito! Ne hanno trovato un altro!

- Un altro? - Chiese spiazzato il Vannucci.

- Mi dica dove si trova, - disse Rizzo. - La passo a prendere io.

*   *   *

Poco più tardi.

- L'hanno trovato quelli che raccolgono la spazzatura, stamattina presto. Gli sembrava un barbone che dormiva e invece era morto stecchito, un colpo d'arma da fuoco in piena faccia, a bruciapelo.

- Si sa chi è la vittima? - Chiese l'ispettore.

- La certezza non ce l'abbiamo ancora, bisognerà aspettare la risposta dalla scientifica ma, da come è vestito, sembrerebbe un cameriere... un cameriere del Caracas; ci siamo anche davanti, no?

- Madonna Santa, - esclamò il Vannucci. - Sta facendo una strage!

- Ispetto', aspettiamo a fasciarsi la testa, aspettiamo perlomeno il rapporto della Scientifica.

- Sì, hai ragione, cominciamo, però, a fare qualche domanda in giro, vediamo se qualcuno ha perlomeno visto qualcosa.

Si erano fatte le undici quando a Luca venne in mente del compleanno.

- Oddio, Sara!

L'appuntamento era alle nove e mezzo davanti al bagno Veronica.

- Rizzo, continua te, io devo scappare!

Luca salì in macchina di corsa, una volta imboccato il viale dei Tigli si rese conto di aver preso ancora una volta la macchina del collega, lui era a piedi ed era passato a prenderlo a casa lo stesso Rizzo. Oramai era troppo tardi, aveva adesso altre priorità, domani gli avrebbe chiesto scusa e Rizzo avrebbe sicuramente capito. Praticamente a "velocità di curvatura", in un attimo arrivò davanti al bagno Veronica collezionando, in teoria, almeno sei infrazioni al codice della strada. Erano le undici e venti e dell'auto di Luisa nemmeno l'ombra. - Addio! Stai a sentire ora che casino, - pensò tirando fuori il telefonino dalla tasca.

- Luisa, scusa...

Luisa non lo fece nemmeno finire di parlare.

- Sei sempre il solito! Non cambierai mai! Che cosa vuoi che pensi poi dite tua figlia? Sei un pezzo di merda! Hai capito? Un pezzo di merda! - Terminò Luisa riattaccando.

Luca rimase pietrificato, in piedi, sotto il sole, col telefonino in mano e lo sguardo perso nel vuoto. - Questa volta l'ho fatta grossa, - pensò, senza provare nemmeno la consueta rabbia nei confronti di Luisa; non poteva, questa volta non ci riusciva, aveva rovinato tutto da solo ed era solo colpa sua.

Mise la mano in tasca, sentì la scatolina del regalo di Sara, la strinse forte mentre una lacrima cominciò a scendergli giù lungo il naso, giù, come la stima per se stesso.

- Mi sento responsabile, - disse Mario. - Se tu non fossi stato preso da questo caso, adesso te ne potevi stare con tua figlia, sereno e contento e magari poi... chissà!

- No, no! Questo è il mio lavoro, se non c'eri te c'era qualcun altro ad avere bisogno d'aiuto, te non c'entri niente, Mario. Piuttosto... per tutto quello che hai preparato, dimmi quanto ti devo dare.

- Ma, - lo interruppe Rosa. - Sei scemo? Piuttosto, mangiamo qualcosa prima che si freddi completamente tutto, ormai sono le due passate!

*　　*　　*

La risposta della scientifica arrivò il giorno dopo e fu, come previsto, inesorabile.

- La vittima è Hevzi Shabani, - disse Rizzo. - Il giovane albanese che lavorava come cameriere al Pub Caracas, in Darsena. Gli hanno sparato un colpo con una calibro 9 in piena faccia, la stessa pistola usata per gli altri omicidi. Stesso sistema, ma questa volta abbiamo qualcosa.

- Che cosa? - Chiese il Vannucci.

- Hanno trovato un capello fra le dita del ragazzo e non è della vittima.

- Forse questa volta ci siamo. Fai subito richiesta alla Procura per un esame di comparazione del DNA di tutti i personaggi implicati in questa faccenda. Dai, muoviti!

- Aspetti, Ispetto', non ho finito...

- C'è una collanina di perline anche questa volta ed è più corta, vero, Rizzo? - Lo anticipò il Vannucci.

- Sì, Ispetto', l'aveva in tasca: ventun perline!

Capitolo 30

L'estate era ormai in piena corsa, con Viareggio e l'intera Versilia alla ribalta di tutta la cronaca locale e nazionale. I commenti rincorrevano le cazzate e viceversa; addirittura ci fu qualche sapiente criminologo che intravide nella vicenda pericolose analogie col "Mostro di Firenze". Effettivamente, con il casino che il fatto stava procurando, la notizia aveva acquisito un notevole spessore e fu così che i media non tardarono molto a battezzare il misterioso protagonista del caso come "L'Orco di Viareggio".

- Ecco! Tutti i casini che già c'avevamo non ci bastavano, - esclamò il Vannucci, chiudendo seccato il giornale. - Ci voleva anche l'Orco di Viareggio, ora!

- Ispetto', - il tono di Rizzo suonò piuttosto solenne. - L'esame del DNA, è arrivato.

- Che dice? - Chiese il Vannucci, ansioso.

- Non mi sono permesso d'aprirlo. A lei l'onore, Ispetto'.

- Dai qua.

L'esame comparativo del DNA fatto dalla scientifica di Napoli, analizzando il capello trovato fra le dita dell'albanese morto e quello di Andrea De Felice, dava risultato positivo: il capello era inequivocabilmente di Andrea De Felice.

- Bingo! - Esclamo Rizzo.

Il Vannucci, invece, rimase un attimo in silenzio.

- Mm, io non esulterei troppo, Rizzo. Non lo so, ma non ne sono tanto convinto. Ok, inchiodiamo il De Felice per questo omicidio, ma non ci dimentichiamo che per il primo omicidio De Felice ha un alibi di ferro e, a quanto pare, gli omicidi, se non sono tutti attribuibili alla stessa persona, sono sicuramente tutti collegati, guarda le perline. E poi quella frase detta al telefono, non può essere stata buttata lì a caso; e ancora, la stessa pistola usata da più persone... no, non ci siamo. C'è ancora tanto da lavorare, qui!

Andrea de Felice venne comunque messo in stato di fermo dalla Procura e fu immediatamente ordinata la perquisizione dell'abitazione dei De Felice. Restava da trovare l'arma del delitto.

*   *   *

Napoli, 1 agosto 2016. Abitazione dei De Felice.

- Buon giorno, Ispettore!

- Buon giorno, Antò! Come stiamo andando, - chiese l'Ispettore Ingargiulo all'agente di piantone davanti alla porta dell'abitazione della famiglia De Felice. - Ci sono ancora quelli della scientifica, dentro?

- Sì, Ispettore.

- Fammi passare, dai.

Gli venne incontro Carmelo Bonocore, responsabile del reparto di polizia scientifica di Napoli.

- Ingargiulo, come state?

- Eeeh... non ci possiamo lamentà. E voi, Bonocore?

- Mai lamentarsi.

- Novità, Bonocore?

- Qualcosa. L'ho mandato già ad analizzare in laboratorio.

- Di cosa si tratterebbe? Ditemi...

- Abbiamo trovato, riposto nell'armadio del ragazzo, Andrea De Felice, un giubbotto di pelle beige con una piccola macchia sulla manica destra che, trattata al Luminol, ha reagito positivamente.

- Sangue? - Domandò Ingargiulo.

- Già! Bisognerà adesso stabilire se si tratta di sangue umano e, nel caso, di chi. Ma c'è dell'altro: ispezionando anche la camera dei genitori, sempre dentro l'armadio, abbiamo trovato nella tasca di un paio di pantaloni del padre Gennaro, un profilattico usato avvolto e chiuso dentro ad un fazzoletto. Ho mandato anche quello ad analizzare, vediamo se ci dirà qualcosa. Per il momento non so dirvi di più, Ingargiulo.

- E come sarebbe possibile chiedervi di più, Bonocòre! Non conosco nessuno più meticoloso di voi.

- Ispettore! Ispettore, - interruppe concitato l'agente di piantone. - Hanno detto di andare giù nella cantina, pare abbiano trovato qualcosa!

Ingargiulo e Bonocore scesero rapidamente le scale che conducevano alla cantina del vecchio palazzo; sotto c'erano già altri agenti.

- Ispettore! Guardi qua!

L'ispettore Ingargiulo non seppe trattenersi:

- Maronna! E cos'è? Il set di un film dell'orrore?

- Fermi tutti, - ordinò il responsabile della Scientifica, rivolto agli agenti che avevano aperto la cassa. - Non toccate niente!

All'interno del vecchio baule, nascosto in una nicchia ricavata nel muro e coperta da una vecchia credenza, furono rinvenuti vari oggetti di carattere sadomaso: fruste, croci spezzate e rovesciate, candele nere e altro materiale tipico, probabilmente utilizzato per riti satanici, o comunque a carattere sessuale. Sempre all'interno del baule, c'erano inoltre, chiusi in una cartellina di plastica rossa, diverse foto di Laura e ritagli di articoli di giornale, tutti riguardanti il caso di Viareggio.

- Mettete i sigilli, - dispose Ingargiulo ai suoi uomini. - Sequestriamo tutto!

L'intera abitazione dei De Felice fu posta sotto sequestro cautelare e ciascun membro della famiglia interrogato. L'interrogatorio fu condotto in maniera serrata dallo stesso Ispettore Ingargiulo e in seguito dal Giudice per le Iindagini Preliminari di Napoli, il Dottor Vincenzi; nonostante la pressione esercitata dagli inquirenti, i De Felice continuarono a proclamarsi estranei ai fatti e non a conoscenza di quanto ritrovato in casa loro.

Nonostante i loro proclami d'innocenza, tuttavia, non tardarono ad arrivare i primi risultati delle analisi compiute dal laboratorio della scientifica: la piccola traccia di sangue, rinvenuta sulla manica del giubbotto di pelle beige di proprietà di Andrea De Felice, risultò appartenere alla prima vittima, Renzo Ghilarducci.

Dalle analisi effettuate sul profilattico usato e sul fazzoletto in cui era avvolto, rinvenuti nella tasca dei pantaloni del padre Gennaro, emersero tracce di liquido seminale e di sostanze organiche: le tracce organiche risultarono appartenere a Gennaro De Felice, mentre il liquido seminale risultò appartenere alla seconda vittima, Ciro Vitiello. Prove schiaccianti con le quali la Procura emise l'immediato ordine di arresto per tutti i membri della famiglia De Felice, compresa la madre, che fu sottoposta a fermo cautelare poiché sospettata di complicità.

* * *

Ci fu un tafferuglio generale, la notizia rimbalzò su tutti i giornali, "l'Orco di Viareggio" era divenuto la "Setta di Viareggio" e i loro adepti erano stati tutti catturati. La Questura di Napoli e soprattutto il Commissariato di Viareggio furono letteralmente assediati dalla stampa e dai curiosi. A Viareggio fu soprattutto la Trattoria dei Maffei a essere presa d'assalto: arrivarono persino alcune troupe televisive delle maggiori emittenti televisive.

- Che c'ha, Ispetto'? Non è contento? Abbiamo risolto il caso, qui c'è da festeggiare!

I due stavano percorrendo l'Aurelia, all'altezza di Bicchio. Il Commissario Giusti li voleva vedere, o meglio, voleva vedere il Vannucci.

- Io lo so perché non è contento, Ispetto': perché adesso deve incontrare il Dottor Giusti, vero?

- No, Michele. Il caso non è per niente risolto. Lo credono loro, o meglio, lui glie l'ha voluto far credere. Vedi, Michele, - continuò il Vannucci, rivolto a un Rizzo sorpreso dall'essere chiamato per nome per la terza volta dall'Ispettore. - Dalla descrizione del ragazzo albanese, l'uomo che lui stesso ha visto uscire dal bagno al Caracas, non aveva un giubbotto di pelle beige come quello trovato a Napoli macchiato di sangue, ma una specie di cappotto di pelle lungo e nero, tipo, ripeto con le parole dell'albanese, tipo Gestapo... mi segui?

- Ci provo, Ispetto', basta che non si metta a correre.

- Bene. Poi, sempre secondo l'albanese e confermato poi da don Carlo, il killer era di statura alta e di corporatura magra, quello che invece non è Andrea De Felice: è altino, sì, ma piuttosto piazzato e poi ha i capelli castano chiaro e abbastanza lunghi, mentre il tipo visto da tutti e due i testimoni aveva i capelli neri e corti; inoltre la corporatura descritta non ce l'ha né Andrea, né Antonio, né suo padre. Poi, non ci scordiamo che, comunque, Andrea ha sempre un buon alibi per il primo omicidio: era ricoverato al Cardarelli di Napoli, giusto?

Arrivarono al semaforo della farmacia in Via Regia quando:

- Ciao bello bianco! Uno saluti da Dio!

Era la vecchia zingara che occupava quel semaforo chiedendo l'elemosina. Faceva parte del gruppo di Rom accampati sotto il ponte dell'autostrada alla Bufalina, a Torre del Lago. Luca i Rom li aveva abbastanza sulle palle, ma quella vecchina minuta gli aveva sempre un po' ricordato sua nonna e, quindi, con lei aveva avuto sempre un occhio di riguardo. Se agli zingari non faceva mai elemosine, per lei trovava sempre qualche monetina. La vecchia zingara, dal canto suo, lo contraccambiava ogni volta con una specie di "consiglio del giorno", con quel suo modo di esprimersi tra l'italiano più ignorante e la lingua nativa.

Raramente Luca riusciva a comprendere qualcosa dei suoi discorsi, ma gli faceva tenerezza, così, sia pur capendoci poco e niente, restava comunque ad ascoltarla. Non sapeva come si chiamasse, né quanti anni potesse avere: era molto vecchia e mezza cieca, un occhio difatti era completamente grigio.

Luca gli diede le solite tre o quattro monetine.

- Grazie! Grazie, - disse la vecchina, ripetendosi continuamente.

- Uno saluti da Dio! Uno saluti da Dio!

Il semaforo intanto era diventato verde, Luca stava per ripartire quando la vecchina gli strinse il polso, si avvicinò al finestrino fino ad affacciarsi dentro e, guardandolo fisso con quel che rimaneva del suo occhio sano gli disse:

- Se vuoi trova uomo, cerca sua ombra!

- Eh?!

Luca, come sempre, non aveva praticamente capito niente delle parole della zingara, ma quella volta ebbe come il presentimento che, in quel suo sibillino e incomprensibile farfugliare, ci fosse qualcosa d'importante, qualcosa che valesse la pena capire. Si sforzò di trovare un senso a quelle parole, senza riuscirvi. Si guardò intorno, provò a cercarla tra la gente, ma niente: la vecchina era scomparsa.

- Ma, che si fumeranno questi Rom? Boh!

Capitolo 31

- Venga, venga avanti, Ispettore! Si sieda prego, - disse con tono inusualmente gentile il Commissario Giusti, rivolgendosi al Vannucci fermatosi sulla porta, quasi avesse paura a entrare. - Finalmente possiamo dirlo: tutto è bene quel che finisce bene!

Le parole del Vannucci non risuonarono dello stesso ottimismo del Commissario:

- Lei crede?

Il Dottor Francesco Giusti veniva da Firenze, era un tipo molto ambizioso e talmente presuntuoso da pensare che a questo mondo tutti, naturalmente escluso lui, non capissero 'una sega' e ovviamente odiava chi osava contraddirlo. Era comunque opinione generale in Commissariato che, l'unico veramente a non capire una sega fosse proprio lui, ma fino a quel momento il solo che avesse trovato il coraggio di provare a farglielo capire era stato il Vannucci. Gli altri si lamentavano, ma in fondo si guardavano bene dal crearsi dei problemi, mentre l'Ispettore non era mai riuscito a trattenere i suoi pensieri, anche a rischio di rimetterci la carriera. Il Giusti, invece, alla carriera ci aveva sempre tenuto molto ed è proprio grazie a questo che si era ritrovato, neanche quarantenne, a ricoprire un incarico così importante come quello di Dirigente del Commissariato di Viareggio.

- Che cosa vuole dire, Ispettore? Non capisco, - disse il Commissario sorpreso, conservando un finto sorriso di circostanza. - Vuole spiegarsi meglio?

- Secondo me, - disse il Vannucci con tono calmo e prudente, misurando attentamente le parole. - Ci sono ancora elementi per continuare a indagare, ci sono cose che... non tornano. Dottore, chiamiamoli pure "particolari da approfondire".

- E quali, - domandò il Commissario con una punta di veleno nella voce. - Quali sarebbero questi... particolari, Ispettore? C'è qualche cosa che finora mi ha taciuto?

- No, no, per l'amor di Dio! Non c'è niente di cui lei non sia a conoscenza, Dottore, ma... appunto per questo, appunto perché lei ha ben davanti tutto il quadro delle indagini... ecco: lei non ha nessuna domanda in sospeso? Per lei i tasselli del puzzle combaciano tutti e, soprattutto, non ne manca nessuno?

- Vediamo se semplificando il discorso lei riesce a capirmi meglio, Ispettore, - disse abbassando la voce e senza più alcun sorriso, il Commissario Giusti. - C'è un morto...

- Tre, - lo corresse il Vannucci.

- Ispettore, non m'interrompa, - replicò conservando un tono forzatamente calmo, il Commissario. - Le ripeto: c'è un morto, c'è un assassino e, grazie a Dio, c'è l'esame del DNA. Noi arrestiamo l'assassino, la città è contenta, io sono contento, lei è contento e tutti quanti ci godiamo questo momento di gloria. Vede com'è facile, Ispettore? Scommetto che lei a Viareggio sarà già un eroe. La gente, lo sa Ispettore, ha bisogno di eroi non di persone sempre dubbiose e polemiche come lei, suvvia!

Il Commissario fece una pausa, indossando di nuovo quel finto sorriso di circostanza, poi riprese:

- Posso capire che le sue vicende familiari la possano avere messo a dura prova e, diciamo... anche un po' condizionato, ultimamente, ma per favore adesso si rilassi! Si prenda qualche giorno, ne ha bisogno e se li è davvero meritati.

Vannucci non disse una parola, non ne valeva la pena, mai sarebbe riuscito ad aprire una mente così volutamente ottusa.

Si alzò, lo ringraziò e uscì, odiando mai come in quel momento il Dottor Giusti, sé stesso e quel lavoro per cui non sentiva più alcuna passione o vocazione.

- Chi se ne frega, - pensò fra sé e sé. - Se il Procuratore, nel caso, deciderà di far riaprire le indagini, beh, vorrà dire che ci divideremo tanta gloria quanta merda!

Fuori, appoggiato alla macchina, c'era ad aspettarlo Rizzo; il Vannucci gli passò davanti senza neanche salutarlo e s'incamminò da solo verso la ferrovia. Rizzo non provò neanche a chiamarlo, lo conosceva fin troppo bene e aveva già capito tutto: era il momento di lasciarlo in pace.

Quella sera Luca non rientrò a casa, passò la serata in giro camminando. Era una bella e calda sera d'estate, Viareggio era esplosa in tutta la sua bellezza, ancora di più adesso che l'incubo sembrava davvero finito. La Passeggiata era piena di persone, le vetrine erano tutte illuminate, la gente si stava godendo l'estate, la vita, mentre Luca Vannucci stava ancora dimenandosi nel tentativo di coprendere la sua.

Arrivato in fondo alla Passeggiata, si rese conto di avere fame: non aveva mangiato più niente dopo quel cornetto con Rizzo, la mattina al bar. - Già, Rizzo! - pensò. Se ne era venuto via senza dirgli niente e senza nemmeno salutarlo. - A volte lo tratto davvero male, quel ragazzo!

Dalla pizzeria di Antonio stava arrivando un profumino che gli fece ricordare che la vita bisognava sì, cercare di capirla, ma per dirla con una frase tipica di Rizzo: 'nun se scherza co' i sentimenti der magnà'!

Comprò uno spicchio di pizza e si sedette a mangiarla lungo il canale Burlamacca, sotto ai pini. Da lì si vedeva la Darsena tutta illuminata e anche la Trattoria di Mario.

- Ma, ammettiamo che c'ho ragione: se dietro a tutto ci fosse ancora qualcun altro, - pensò l'Ispettore masticando lentamente il boccone. - Laura potrebbe essere ancora in pericolo!

Non poteva lasciar correre: era impensabile mollare tutto e andare, come voleva il Giusti, in ferie. Il Procuratore non era scemo come il Giusti e avrebbe sicuramente riavviato le indagini, ma aspettare poteva essere troppo tardi e il suo amico Mario e la sua famiglia rischiavano davvero troppo.

- E va beh! Vorrà dire che mi toccherà fare come nei film americani: farò lo sbirro che indaga per conto proprio, da solo contro tutti, come Al Pacino, e che cazzo, - e ritrovando per un attimo il sorriso, continuò fra sé. - Sì, va beh, Al Pacino... facciamo Panariello, giù. Nun c'allarghiamo!

Capitolo 32

- Pronto, Michele?

- Ispetto', come sta?

- Dove sei? - Tirò dritto il Vannucci.

- Stò qua, in ufficio.

- Ascoltami bene, Rizzo: puoi parlare?

- Sì, perché?

- Te la senti di fare l'infiltrato?

E Rizzo, afferrando al volo:

- Gagliardo, Ispetto'. Certo che me la sento!

- Bene, allora, ora si fa a modo mio. T'aspetto al baretto fra un'ora.

- Agli ordini, Ispetto'! - Rispose entusiasta, Rizzo.

*   *   *

Poco più tardi, al Baretto.

- Se qualcuno lo viene a sapere in Commissariato siamo fregati. Per tutti io sono in ferie, te la senti di correre questo rischio? - Chiese il Vannucci a Rizzo, girando il cucchiaino nella tazzina di caffè.

- Ispetto'! M'invita a nozze: primo, perché il Giusti non lo posso vedere; secondo, perché finalmente facciamo i poliziotti veri, quindi... quando se comincia, Ispetto'?

- Calmati, non ti eccitare... naturalmente, nemmeno i Maffei lo dovranno sapere; anzi, dovranno continuare a pensare che sia tutto finito veramente. Fra l'altro, con tutto quello che hanno passato, si meritano tranquillità, mentre noi dobbiamo continuare a vigilare e a proteggerli, d'accordo? Forse, sentendo allentare la morsa, se c'è qualcun'altro dietro a questa faccenda, è più facile che esca allo scoperto!

- Non si preoccupi. Nel caso c'è anche il Summonti e Tyson che, se dovesse servire, ci daranno una mano. Sono fidati.

- Lo so, li conosco bene anche io, sono bravi ragazzi, - approvò il Vannucci. - Allora, veniamo al dunque! Stanotte mi son messo a fare un po' di calcoli... seguimi bene, Rizzo: le collanine, indubbiamente, sembrano essere una sorta di conto alla rovescia. Dunque: perline, uguale giorni. Il primo omicidio è avvenuto il 23 aprile e la collanina trovata sulla vittima è composta da 116 perline. Il secondo omicidio è avvenuto il 12 maggio e la collanina ritrovata è composta da 97 perline. Ecco, stai bene attento: se io detraggo da 116 il numero di giorni che intercorrono tra il 23 aprile e il 12 maggio, ottengo il numero 97, che è, appunto, il numero di perline che ha la collanina del secondo omicidio. Se faccio la stessa operazione, detraendo da 116 il numero di giorni che intercorrono fra il 23 aprile e il 17 giugno, quest'ultima, data del rapimento della piccola Chiara, ottengo il numero 61, che è il numero di perline che aveva la collanina trovata addosso a Chiara.

- Mi faccia capire, - lo interruppe Rizzo. - Dunque... se adesso io levo da 116 il numero di giorni che ci vogliono per arrivare dal 23 aprile al 27 luglio, viene... se non mi sbaglio sono 95...

- Ci fu un attimo di silenzio, poi Rizzo spalancò gli occhi:

- Li mortàcci... è vero, Ispetto'! Viene 21! E 21 è il numero di perline trovate sulla scena del terzo omicidio!

- Ecco, ora viene il bello, - disse con calma preoccupante il Vannucci. - Se questo, dunque, è un conto alla rovescia, contando 116 giorni dal 23 aprile, sai dove arriviamo? Al 17 di agosto. Un count-down che comincia il 23 aprile e finisce il 17 agosto; infatti, tra il 21 aprile e il 17 agosto ci passano 116 giorni. Che significato può avere questo giorno? Che deve succedere il 17 agosto? - Chiese il Vannucci.

- Cosa può accadere da qui al 17 agosto! - Lo corresse Rizzo.

- No, no. Non credo accada niente prima del 17, adesso è tutto calmo: proprio quello che lo stronzo voleva. Il problema resta sempre: chi sia e cosa voglia questo stronzo, - concluse l'Ispettore.

- Mi sembra chiaro, Ispetto', vuole Laura!

- E i messaggi delle collanine, allora, a chi sono rivolti? A noi o a Laura? È il classico comportamento dello psicopatico che gioca lasciandosi volutamente dietro degli indizi? Bisogna capire a chi li stia lasciando. Andiamo a trovare i Maffei, dobbiamo parlare con la bimba, ma senza farsi accorgere che stiamo ancora indagando... anzi no, ci vado da solo. Mario sa che sono in ferie e se ci vede assieme s'insospettisce; mi ha invitato mille volte a casa sua, stavolta accetterò l'invito. Tu continua a tenerli d'occhio!

- D'accordo, Ispetto'.

- Michele... fai attenzione, però. Questo non è solo scemo, - disse il Vannucci, stringendo la spalla di Rizzo. - Questo è pericoloso!

- Non si preoccupi, Ispetto'. So badare a me stesso. Piuttosto lei, si porti dietro una volta per tutte quella benedetta pistola!

Capitolo 33

- Rizzo aveva ragione, - pensò Luca. - Forse è il caso di prendere qualche precauzione.

L´Ispettore tirava fuori la pistola d'ordinanza solo quando doveva recarsi al poligono, sempre che non riuscisse con una scusa o con un'altra, a saltare il turno. La cosa gli era già costata qualche richiamo dal Commissario Giusti, ma era più forte di lui: - siamo a Viareggio, non siamo mica nel Bonx... - usava dire sempre. Quella volta, tuttavia, un po' nel Bronx ci si sentiva.

Controllò il caricatore, lo inserì nel calcio della Beretta e se la mise dietro nei pantaloni. L'appuntamento era per le otto ed erano già le meno dieci. Anche se ancora in piena stagione, Mario quella sera volle tenere chiuso il ristorante. Era per lui un evento che Luca, il suo grande amico, colui che lo aveva tirato fuori dai guai, venisse a cena a casa sua. Per l'occasione aveva tirato fuori del Brunello di Montalcino del 2001, che conservava gelosamente in cantina solo ed esclusivamente per le grandi occasioni. Luca arrivò alle otto e dieci.

- Luca! Come stai? Rizzo dov'è?

- Rizzo? Ma, scusa: me lo devo portare dietro anche quando sono in ferie? Comunque, non c'è perché stasera l'hanno messo di servizio, anzi, si scusa e ti saluta.

- Non sa cosa si perde. Stasera niente pesce, ho cucinato io personalmente.

- Si vede, sì, che ha cucinato lui, - intervenne Rosa, entrando in sala. - Vedessi che casino ha lasciato in cucina!

- Ma stai zitta, te! - La interruppe Mario.

- Ho preparato dei tagliolini al sugo di cinghiale e un maialino da latte fatto al forno che è la fine del mondo.

- Tutta cucina tipica d'agosto, - commentò nuovamente Rosa. - Proprio da spiaggia!

- Ma cosa ne vuoi sapere, te, - ribatté Mario. - Dove sta scritto che il cinghiale e il maiale si debbano mangiare solo d'inverno?

- Diciamo, - sentenzio Rosa, tornando in cucina. - Diciamo che sono le uniche cose che sai fare e ti garba essere al centro della scena, dai. Dì la verità!

- I bimbi? - Chiese Luca, sorridendo all'amico.

- Chiara è su con Laura, ora scende e Massimo è uscito con i suoi amici, dovrebbe rientrare a momenti. Sai com'è, è sembrato a tutti di rinascere, di tornare finalmente a una vita normale... non ce la facevano più.

Come Luca non avrebbe mai potuto dubitare, la cena fu veramente eccezionale: anche Mario era un fenomeno in cucina soprattutto per i piatti di terra, quelli erano veramente la sua specialità.

- Prendine ancora un pezzettino, Luca.

- No, Mario, basta! Mi fai morì così.

- Non ti piace, Luca? - Domandò Rosa.

- Non mi piace? Ma stai scherzando? È tutto fenomenale, solo che sto per scoppiare, ho già fatto il bis a tutto.

- E allora prendine ancora un pochino, dai, - insistette ancora Mario. - Ma quando lo rimangi un maialino così? Mi sa tanto che te vai di molto avanti a panini, vero Luca?

Luca rispose con la testa perché la bocca era troppo occupata.

In quella gara di chi ingurgitava di più, indubbiamente, la pole-position se la contendevano Luca, Mario e Massimo, mentre il gentil sesso si tratteneva sul moderato.

-Tu, Laura, hai già finito? - Chiese Luca, vedendo che la ragazza aveva a malapena assaggiato qualcosa.

- Lascia perdere, Luca, - rispose per lei, Mario. - Laura va avanti a bricioline come gli uccellini. Le donne son sempre a dieta, lo sai, no?

- Già, è vero, - rispose Luca. - Ma, dimmi un po', Laura? Ora che è tutto finito, hai cominciato a sdrammatizzare e a parlarne un po' con mamma e papà? Il modo migliore per allontanare un fantasma, una paura, è quello di parlarne, lo sai vero?

- Sì lo so, - rispose con voce flebile Laura, facendo trasparire un leggero nervosismo.

- Ma poi, che ti raccontava quel coglione? - La incalzò Luca, cercando di parlarle in modo che non sembrasse un vero e proprio interrogatorio.

- Beh, le cose che ti ho già detto. Tutte stronzate... - e lì, Laura, tradì un marcato senso di rabbia o forse una comprensibile voglia di rivalsa, di rancore.

- Già! Proprio stronzate... come quelle frasi da film dell'orrore, - continuò Luca, sempre più poliziotto. - Com'è che ti disse, Laura?

- Lo sai! L'ho scritto anche sul verbale, dai... non me lo ricordo adesso, - rispose seccata la ragazza, poi ripeté. - Tutte solo ed esclusivamente delle immense stronzate, te l'ho detto. L'amore puro, la casa nel bosco sulle rive del lago, il rifugio d'amore...

Laura parlava con la voce sorretta da una sempre più evidente rabbia, mischiata a quel tanto di sarcasmo da renderla inevitabilmente più decisa.

- Come come, - chiese Luca molto interessato. - Questa non la sapevo, cos'è questa storia della casetta?

- Sì! Diceva che mi voleva portare nel suo rifugio segreto: una casetta immersa nel bosco, sulle rive di un lago, - rispose Laura, scimmiottando un po' la voce, come a prendere in giro chi, fino a poco tempo prima, era stato il suo grande amore. - Che quello sarebbe stato il nostro rifugio segreto... il nostro "talamo" e poi bla bla bla...

- Porca miseria, - commentò Luca. - Era proprio fuori di testa, quel tipo...

- Però, c'è una cosa non ho capito, Luca, - chiese questa volta Laura. - Perché la faccia di Andrea e la voce di un altro? E poi di chi?

- Mah! Non l'ho capito nemmeno io, sai, - rispose un po' infastidito Luca. - Sicuramente hanno usato il bel visino del vero Andrea De Felice e, siccome magari la voce faceva un po' ridere, hanno trovato un altro con la voce più bella, più suadente... qualcuno che magari ci sapesse fare di più. Te l'ho detto che erano una banda di matti, - tagliò corto Luca.

- Senti, Luca... è vero che avete trovato delle collanine di perline come quelle che Andrea ha dato a Chiara, anche... sì, anche in occasione degli altri omicidi?

- Sì, - rispose perplesso, Luca. - Ma, chi te lo ha detto?

- Michele. Me lo ha detto lui.

Non ce la fa proprio a tenere la bocca chiusa, Rizzo, porca puttana, - pensò Luca. - Se non la apre per mangiare, la deve comunque aprire per parlare!

Adesso era Laura a incalzare Luca:

- Che senso hanno queste collanine?

- C'è forse qualcosa che abbia senso in tutta questa storia? In ogni modo, non lo so, Laura: l'importante, a questo punto, è che tu e la tua famiglia stiate bene e che la storia sia per fortuna finita lì.

Si fece mezzanotte e mezzo e Luca decise fosse venuto il momento di togliere il disturbo.

Era stata una bellissima serata e in più era riuscito a strappare un'interessante informazione che, magari, gli sarebbe potuta tornare utile. Aveva solo bisogno, a quel punto, di restare un po' da solo per pensare. Mario lo accompagnò alla porta.

- Vieni, ti accompagno alla macchina, vengo fuori anch'io a fumare una sigaretta.

Giunti alla macchina di Luca, Mario, con voce più bassa di quella che in tutta la sera aveva usato e abbassando lo sguardo, gli chiese:

- Non hai mai portato la pistola, perché adesso la porti? Cos'altro sta succedendo, Luca? Credi che non mi sia accorto dell'interrogatorio che hai fatto a Laura? Non è finita, vero?

Luca rimase spiazzato, d'altronde doveva saperlo che con Mario non avrebbe potuto farla franca: lui lo conosceva fin troppo bene.

- No... credo che non sia finita, hanno chiuso il caso troppo in fretta e ci sono alcune cose che non quadrano... è per questo che ho deciso di portare avanti l'indagine da solo.

- Da solo?!

- Sì, ma stai tranquillo: c'è Rizzo e un altro paio d'uomini fidati che non vi stanno perdendo di vista. Te, piuttosto, mantieni la calma, guardati le spalle e non ne fare parola con nessuno in casa, al resto ci penso io. Continuate la vita di tutti i giorni. Ecco, magari... io non t'ho detto nulla, ma te sei un uomo con le palle e capisci al volo senza spaventarti, giusto? Tieni sempre a portata di mano il ferro, senza fare il bischero però. D'accordo?

- D'accordo, - rispose Mario, guardando dritto negli occhi il suo vecchio amico, di nuovo complice come quando erano ragazzi, solo che questa volta non era per giocare: non c'erano i mandarini da rubare dietro al campetto del Priore, questa volta la posta in gioco era più alta. Molto più alta.

Capitolo 34

Si erano dati appuntamento al bagno Veronica, Rizzo aveva il pomeriggio libero, quale posto migliore, dunque, per fare il punto della situazione che starsene sotto il sole come un turista in vacanza?

Di qualcuno Luca poteva fidarsi, ma la stragrande maggioranza dei colleghi non ci avrebbe messo meno di due minuti a fare in modo che il Commissario Giusti venisse a sapere che il Vannucci s'era messo a indagare per conto proprio, meglio quindi non correre rischi.

- Come sei bianco, Rizzo, sembri una medusa, - disse il Vannucci, vedendo arrivare il Sovrintendente. - E poi, scusa, quello cos'è? Un costume o la bandiera americana?

- Si vede che lei non segue la moda, Ispetto'!

- Va beh! Lasciamo perdere. Siediti, t'ho preso una sdraio anche per te.

- Ispetto', ascolti: a me questa data del 17 agosto mi ricordava qualcosa e, quindi, sono andato a verificare in ufficio, mi ascolti bene, - continuò piuttosto elettrizzato Rizzo. - Il 17 agosto è la data di nascita e di morte di Anna De Felice; anzi, sarebbe a questo punto meglio specificare: data di scomparsa.

- Vuoi dire che Anna De Felice potrebbe non essere morta?

- No, non lo so, ma probabilmente quella data è legata a lei. In fondo il corpo non è mai stato ritrovato, giusto Ispetto'?

- Giusto! Quindi, la famosa frase: 'quando l'inizio incontrerà la fine, tu tornerai per sempre mia', conferma che l'obbiettivo finale è Laura e sembra che il tipo l'abbia programmato per il 17 agosto?

- Il tipo o la tipa, - lo corresse Rizzo. - A questo punto bisogna pensarle tutte, no?

- Appunto, - approvò l'Ispettore.

- Ma, ammettiamo che questa Anna non sia morta e sia lei l'artefice di tutto, anche se è ancora tutto da capire cosa centri la figlia del Maffei; comunque: dando questo per scontato, perché ce l'avrebbe così a morte con la propria famiglia, al punto da volerla infamare in questo modo?

- Boh! Forse Laura è stata solo scelta a caso, una sorta di pretesto per vendicarsi con la propria famiglia... ma, di che cosa vendicarsi francamente, questo proprio non lo so, - rispose il Vannucci, strofinandosi la faccia con le mani. - So soltanto che mancano tre giorni al 17 agosto. Rizzo! Mi devi procurare una foto, la più recente possibile, di Anna De Felice.

- Ho un amico alla Questura di Napoli, ci posso provare, Ispetto'.

- No, non ci devi provare, - sottolineò il Vannucci. - Me la devi trovare e al più tardi per domani. Ci siamo capiti?

- Sì, Ispetto'!

*   *   *

Lunedì 15 agosto.

Coordinati dal Sovrintendente Rizzo, gli agenti scelti Claudio Summonti e Carmine Iannuzzo, quest'ultimo soprannominato "Tyson", si organizzarono in turni per non perdere di vista Laura;

però Laura li conosceva entrambi: avevano, infatti, tutti e due partecipato al precedente programma di protezione alla famiglia Maffei.

Fu così che, dopo un'animosa discussione sul da farsi, convennero tutti, Rizzo compreso, che fosse il caso di usare dei travestimenti.

L'unico problema a restare irrisolto fu Tyson: Iannuzzo era alto un metro e novanta e pesava circa un quintale, una bestia piena di tatuaggi tipo lottatore di Wrestling, in qualunque modo si fosse travestito difficilmente sarebbe potuto passare inosservato. Non c'erano però altre soluzioni: l'organico di cui disponevano era quello e c'era solo da sperare che tutto andasse per il meglio.

- Tenete presente che Mario Maffei è al corrente di tutto e che, conoscendolo, girerà anche lui sicuramente armato, - disse il Vannucci. - Se qualcuno non se la sente, è sempre in tempo a ritirarsi. Ci stiamo tutti?

La risposta fu unanime:

- Sì!

- Qualunque problema ci sia, voglio essere subito avvisato, intesi?

- Intesi! - Risposero tutti.

- Ispetto'!

- Dimmi, Rizzo!

- Maaa... sì, insomma, un nome in codice non ce lo diamo?

- Nome in codice... mh, - rimuginò l'Ispettore, per qualche istante. - Eee... dimmi Rizzo, tu che nome avresti pensato di darti? Sì, insomma, che nome avresti scelto per te, sentiamo un po'?

- Mah, avrei pensato a roba tipo: Falco, Cobra... Ultimo!

- Ultimo, eh? Mh, senti Rizzo...

- Dica, Ispetto'!

- Ma, vai a cagare sull'ortica, vai!

Gli rispose il Vannucci, accompagnando la frase con un amichevole spintone.

- Piuttosto, Penultimo, lì... la foto di Anna De Felice?

- Ah,sì! È arrivata, ce l'ho sul telefono. Solo il tempo di arrivare a una stampante.

- Sì sì, ma intanto fammi vedere. Dai qua...

Luca Vannucci restò di stucco. A parte la chiaramente più giovane età sulla foto e il taglio dei capelli più lungo, Anna De Felice corrispondeva perfettamente alle descrizioni date finora dai testimoni. Era alta e molto magra, senza particolari protuberanze tipiche femminili, capelli neri, quasi corvini, un viso un po' spigoloso, tra il maschile e il femminile. Una figura indubbiamente molto ambigua dalla quale aspettarsi benissimo un altrettanto ambiguo tono di voce, un'intonazione indefinibile che poteva avere benissimo tratto in inganno Laura. Ma questa era una pura congettura; il dato di fatto era che lei avrebbe potuto essere benissimo la persona vista uscire dal bagno del Caracas e la stessa notata in compagnia della piccola Chiara. Adesso avevano un volto e un nome: qualcosa di più di un identikit!

- Madonna Santa! Ma com'è possibile che non mi sia venuto in mente prima, di dare un'occhiata a questa ragazza? Rizzo, fai in maniera che tutti abbiano una copia di questa foto.

- Subito, Ispetto'.

*   *   *

I Maffei uscirono come sempre di casa alle otto, il solito giro per mercati e poi alla trattoria a preparare. Si avvicinava il ferragosto e c'era parecchio da fare, tutti erano presi dal lavoro, l'unico con la testa altrove era Mario: senza che Rosa se ne accorgesse, aveva trovato il modo di portare alla trattoria una delle due pistole che possedeva. Aveva optato per la Beretta calibro 9, PX4 STORM, l'ultimo suo acquisto: un modello in acciaio e polimeri, compatta e leggera, ideale per essere facilmente occultata. La portava sempre addosso e, per evitare che Rosa o i ragazzi la notassero, stava sempre a distanza da tutti loro, facendo finta di essere incazzato per qualcosa, o immerso nei propri pensieri.

Laura era andata al mare in motorino, dietro di lei c'era Tyson con lo scooterone di suo cognato e con tanto di casco integrale, in mancanza di meglio, Iannuzzo aveva così ovviato per quel giorno al travestimento.

Dopo il mare, Laura passò un momento dalla trattoria e poi subito a casa.

Appostato in un camper, preso a nolo per l'occasione e parcheggiato nei pressi della casa dei Maffei, poco in vista ma in modo da avere una buona visuale, c'era Rizzo, organizzato con una scorta da caserma di tramezzini e Coca Cola, pronto a passarci la notte. Alle sei sarebbe venuto a dargli il cambio il Summonti.

Capitolo 35

Luca era appena uscito dallo Studio dell'Avvocato Gori, il legale di Luisa; la storia era la stessa e il giramento di coglioni pure. Non solo perché Luisa insisteva sul fatto che Luca non si potesse considerare un padre affidabile e, quindi, quanto stabilito fino a quel momento a proposito del tempo che Luca aveva in affidamento Sara, andava ristabilito, ma anche, e questo era il reale nocciolo della questione, sul fatto che lei pretendeva le fosse aumentata la quota stabilita degli alimenti.

Poi, c'era l'Avvocato Gori, che rendeva le cose ancora più difficili... d'accordo che stava dalla parte della moglie, ma quel suo modo di fare e di atteggiarsi, mandava Luca in bestia: era un seghino alto più o meno un metro e sessantacinque e non aveva più di quarant'anni. Indubbiamente molto intelligente e scaltro, di quelli che è meglio avere dalla propria parte che contro, ma odioso e petulante come una zanzara tigre in crisi di astinenza: non stava mai seduto, passeggiava stile avvocati americani per il suo immenso studio completamente bianco, tipo ufficio del Padre Eterno e, in più, parlava da dietro le spalle, cosa che Luca odiava particolarmente. Era sempre ben vestito, tutta "robina" firmata, indumenti che Luca nemmeno in sogno poteva permettersi, insomma; un pottino, di quelli che vanno il sabato sera a prendere l'aperitivo al Forte a bordo di una Ferrari.

Non che Luca fosse di quelli che usavano invidiare e denigrare chi dalla vita aveva avuto qualcosa in più, anzi, sotto sotto lo ammirava; - se così giovane è arrivato fin' lì, deve per forza avere le palle!

Comunque, sta di fatto che, se Luca avesse potuto, lo avrebbe volentieri legato al sedile della Ferrari e gli avrebbe dato fuoco.

Magari alla fine la Ferrari l'avrebbe anche risparmiata, in fondo gli sarebbe dispiaciuto, ma il pottino no, lui indubbiamente l'avrebbe di buon grado arrostito.

Ancora preso nel maledire moglie e avvocati, Luca, stava guidando giù dal cavalcavia quando, in prossimità della Torre Matilde, squillò il telefonino. Accostò per rispondere poco prima del semaforo della farmacia. Era Mario:

- Dimmi, Mario!

- Sono nervoso, Luca, - rispose Mario, alquanto teso e preoccupato. - Avevo bisogno di sentirti, dove sei?

- Sono qui, in via Regia, stai buono, ora passo lì da te. Ci vediamo, ciao!

Stava per rientrare sulla strada, quando si sentì afferrare il polso.

- Tu, Polizia, cerca nella casa vecchia di pesca. Là, tu trova quello che cerchi.

- Cosa?! Ancora?... Aspetta! Aspetta!

Luca non fece in tempo a togliersi la cintura per scendere, che la vecchia zingara era di nuovo svanita fra la gente.

- Cosa voleva dire? Ho capito bene? La casa vecchia di pesca?

Era abituato agli incomprensibili oroscopi della zingara, ma questo, come il precedente, aveva un altro senso: non era il solito consiglio strampalato.

La prima associazione che gli venne in mente furono le vecchie baracche dei pescatori in Darsena. Sarebbe passato da Mario e poi avrebbe dato un'occhiata. Anzi no! Era meglio passarci subito.

Non capì perché e in che modo, ma la vecchia zingara gli sembrò volesse in qualche modo aiutarlo.

C'erano diversi "casottini" usati dai pescatori come ripostiglio per le reti e come rimessaggio per le barche, il Vannucci li controllò tutti con molta prudenza. Quelli aperti e abbandonati li ispezionò, ma escluso sporcizia varia ed escrementi di animali, non trovò niente che potesse far pensare ad un recente rifugio per qualcuno.

C'erano nella zona alcuni operai dei cantieri in pausa pranzo, gli mostrò la foto di Anna chiedendo se qualcuno l'avesse vista aggirarsi nei paraggi, senza ricevere però nessun riscontro.

Si erano fatte ormai le due, gli venne in mente che aveva promesso a Mario di passare da lui, risalì in macchina e si diresse verso la trattoria: era, tutto sommato, un modo anche per fare un salutino a Silvia.

Laura quel giorno aveva deciso di non uscire di casa dicendo di sentirsi poco bene, forse aveva preso troppo sole il giorno prima. Disse alla mamma di non preoccuparsi e di non prepararle niente, avrebbe mangiato un po' di frutta e sarebbe rimasta a guardare la televisione. La zia Marzia sarebbe potuta tranquillamente andare al mare con Chiara e Massimo, anche senza di lei. Mario tirò un respiro di sollievo: sapeva che se Laura fosse rimasta a casa, per Luca e i suoi colleghi, sarebbe tornato più facile tenerla d'occhio e, pertanto, non commentò e non si oppose alla scelta.

- Buongiorno! - Esclamò Luca entrando.

- Luca, - urlò Rosa, affacciandosi dalla cucina. - Come stai?! Hai mangiato?

- Certo, certo, non ti preoccupare, Rosa. Dov'è il capellone?

- Boh! Era qui un minuto fa. Sarà come al solito in ufficio, lo sai no qual è il suo ufficio, Luca?

- Il cesso, - esclamò Luca. - Madonna, ma quanto caga quell'uomo?

- Con quello che mangia! E poi vedi, Luca, per lui il gabinetto è una sorta di "pensatoio". Dice che le più grandi genialate le ha avute lì dentro. Pensa un po' te a che livelli siamo...

- Siamo messi bene, allora, - commentò Luca.

- Beh, - esclamò Mario, sbucando giusto in quel momento dal bagno. - Che c'avete da dire sulle mie riunioni di gabinetto? Sapete una sega voi, del significato di "concentrazione"!

- Sì! È arrivato il monaco tibetano, - commentò Luca, con palese tono di sfottò. - Come va? Dalai Lama de noaltri?

Nel frattempo Rosa era rientrata in cucina assieme a Silvia che, non si sa come, sembrò capire che Mario e Luca dovessero restar da soli, decidendo quindi di rimandare un saluto più concreto a dopo.

- Te l'ho detto, sono preoccupato, - rispose Mario a bassa voce.

- Sì, e ti stai cagando sotto dalla preoccupazione, l'ho appena visto.

- Non scherzare, dai.

- Stammi a sentire, - disse Luca, guardandosi furtivamente attorno per assicurarsi che nessuno potesse sentire. - Forse abbiamo dato un volto allo stronzo che telefonava a Laura.

- E chi è? - Chiese agitato Mario.

- Anzitutto, ma non dire ancora niente a nessuno, insomma... lo stronzo è una stronza.

- Cosaaa?!

- Sssh! Non urlare! Ci sono forti possibilità che sia la sorella di Andrea De Felice.

- La sorella? - Domandò Mario.

- E cosa vuole da Laura? Non è mica lesbica mia figlia, - continuò, sempre più agitato, Mario. - Laura ha sempre detto che parlava con un uomo, vuoi dire che...?

- No, no, non arrivare a conclusioni affrettate. Non è detto che Laura lo sapesse. Ci sono persone che hanno dei toni di voce ambigui, facilmente confondibili.

- Ma, non era morta?

- No, è diverso: non hanno mai trovato il corpo.

- Madonna! Questi sono tutti matti! Sembra un film dell'orrore!

- Calmati, dai. Se ti calmi ti faccio vedere la foto.

- Sì! Fammi vedere la faccia di questa maiala!

Luca tirò fuori la foto di Anna De Felice e gliela mostrò.

- Lo so cosa stai per dirmi Luca, ma io t'avviso: se la vedo io l'ammazzo. Te le giuro, Luca, giuro che l'ammazzo!

- Non dire cazzate perché ti levo la pistola, - lo redarguì Luca, con tono deciso. - Sono stato sincero con te, lavoro per te e insieme a te e, anche se potrei fare come tutti gli altri, cioè andarmene in ferie veramente e sbattermene i coglioni, sto invece rischiando il posto e va bene così! Ma te non t'azzardare a fare cazzate perché ti tronco! Ci siamo capiti?

Luca era veramente incazzato e senza alcun timore reverenziale verso l'amico di sempre.

Mario era uno straccio, sembrava quasi che, il fatto che "lui" fosse una "lei", lo avesse come disonorato, sicuramente pensava che anche se tutto fosse andato per il meglio, nella migliore delle ipotesi, qualcuno un giorno glielo avrebbe dovuto dire a Laura e lei, come l'avrebbe presa? Come si sarebbe sentita? Quanto, un'esperienza del genere, avrebbe potuto nuocere al sereno sviluppo della sua personalità?

Capitolo 36

- Pronto, Luca! Luca, Laura non c'è più! Corri!

- Coosa?! Rosa calmati, dov'è Mario?

- A cercarla! Ha preso la pistola! Dio mio, Luca, corri!

Laura era scomparsa e suo padre con lei.

- Quando te ne sei accorta? - Chiese Luca.

- Ora! Saranno venti minuti fa, l'ho chiamata per dirle che andavamo via, il letto non era nemmeno sfatto e lei non c'era, la camera era vuota.

Nel frattempo erano arrivati anche Rizzo e Tyson.

- Ma dove cazzo eravate?

- Ispetto', ho dato il cambio a Tyson alle sei e... sembrava tutt'apposto.

- Iannuzzo! Non ti sarai mica addormentato? - Domandò, incazzato come una bestia il Vannucci.

- No, Ispettore! Glielo giuro sulla Madonna! Non poteva entrare e uscire nessuno!

- Cazzo! Sul retro c'ero io, - disse l'Ispettore. - Ma com'è possibile? Mario l'ho visto uscire, ma pensavo andasse alla trattoria.

- Cosa vuol dire che sul retro c'eri te, - domandò Rosa, sorpresa.

- Vuoi dire che stavamo tutti facendo da esca?

- Ecco... insomma, poi ti spiego, per favore Rosa non ti ci mettere anche te. Dobbiamo trovare Laura e Mario prima che succeda una tragedia, muovetevi! Il Summonti dov'è?

- Oggi è di servizio sulla macchina, - rispose Rizzo.

- Rintraccialo, digli di tenere gli occhi aperti.

- Ma, sta col Passaglia, il lecca culo del Giusti...

- M'importa una sega del Giusti, ora!

C'era da fare il punto della situazione, ma non c'era tempo. Anna aveva preso Laura, o Laura se ne era andata volontariamente? Magari era da un pezzo che aveva capito tutto e ora voleva vendicarsi.

In ogni caso, l'imperativo era trovarla prima che fosse troppo tardi, ma dove? E Mario?

Ore 9:58

- Ispettore, sono Summonti, abbiamo appena incrociato il Maffei, che devo fare?

- Arrestalo.

- Come, l'arresto? E per cosa?

- Non lo so, inventatelo, fatti picchiare, - ordinò il Vannucci. - Ah no, aspetta! È armato, vacci piano, poi fammi sapere.

Arrivò di corsa Rosa, mentre Rizzo aveva già messo in moto l'auto.

- Luca, aspetta! Manca una pistola.

- Lo so, me l'hai già detto.

- No, Luca: Mario ha due pistole e sono sparite tutte e due!

- Due pistole?! Ma che cazzo vuole fare? Il pistolero?

Nel mentre squillò il cellulare dell'Ispettore.

- Ispettore, - era l'Agente Scelto Summonti. - L'abbiamo arrestato, che ci devo fare?

- Portalo dentro e butta via le chiavi, - rispose l'Ispettore.

- Vannucci! La pistola vuole che la tengo io... sì 'nsomma, per non fagli passare dei guai...

- La pistola? - Domandò l'Ispettore. - Ma non ce n'ha due addosso?

- No, Ispettore, addosso aveva solo una Beretta calibro 9.

- Come, una pistola sola? E l'altra? - Domandò il Vannucci rivolto a Rizzo. - Vuoi vedere che l'ha presa Laura e che non è stata rapita, ma se ne è andata volontariamente?

- Ispetto', quella ragazzina è sveglia e ha capito tutto prima di noi, - intervenne Rizzo.

- Cazzo! Mi sa che c'hai ragione. E ora da preda s'è trasformata in cacciatrice e, magari, visto che lei è sveglia e noi siamo due coglioni che non sanno nemmeno dove girarsi, è capace che ha capito anche dove trovare Anna De Felice, sta a vedere. Cazzo, - urlò il Vannucci, sbatacchiando il parasole della macchina di Rizzo. - Il telefono di Laura è ancora sotto sorveglianza?!

- Non credo. Con la chiusura delle indagini, il Procuratore l'avrà sicuramente revocato. Ispetto', bisogna darsi una calmata, dobbiamo cercare di ragionare, senza farsi prendere dall'ansia.

- Hai ragione, Rizzo. Dunque, ragioniamo: per fare quello che ha voluto, Anna De Felice deve avere avuto una sorta di campo base qui, nella zona, giusto?

Il Vannucci parlava a Rizzo, che nel frattempo continuava a guidare per la città, nella speranza d'incrociare Laura.

- Giusto, Ispetto'.

- Ricordi la storia della casetta immersa nel bosco? Io ho controllato i casottini dei pescatori, in Darsena e non mi sembravano fossero stati frequentati di recente, però, pensandoci bene, ce n'è uno praticamente in pineta che non ho ancora controllato. Andiamo in Darsena dai!

- Ispetto'? Mi permetta, ma... cos'è questa storia dei casottini dei pescatori?

- Ah, c'hai ragione, - rispose il l'Ispettore, cominciando subito dopo a raccontare la storia della vecchia zingara.

Imboccando il ponte di ferro, incrociarono Silvia.

- Luca! Luca!

Silvia urlava, sbracciandosi da sopra il motorino. Rizzo accostò subito dopo il ponte, Luca scese di macchina e corse verso Silvia.

- Silvia!

- Luca, dimmi che succede, - disse la ragazza togliendosi il casco e mostrando per intero tutta la sua agitata bellezza. - Ho chiamato Rosa, mi ha detto di restare a casa perché oggi non sarebbe venuta ad aprire il ristorante e... che Laura è scomparsa!

- Sì, ma stai tranquilla, la stiamo cercando. Vai a casa, ti faccio sapere. Vai!

- Luca... ho paura.

- Non devi avere paura, - gli disse dolcemente Luca, tenendola per le spalle. - Nessuno vuole far del male a te.

- Luca... io non ho paura per me, - e afferrandolo per la maglietta. - Io... ho paura per te!

- Silvia, io... - Luca non poté terminare la frase, poiché Rizzo lo stava chiamando.

- Fa attenzione, - disse Silvia tirandolo a sé con la bocca talmente vicina alla sua che a Luca sembrò per un attimo che niente al mondo avesse più importanza di ciò che in quel momento sembrava oramai inevitabile. Socchiusero entrambi gli occhi, ma la voce di Rizzo riportò bruscamente ambedue alla realtà.

- Ispetto'! Ispetto', dobbiamo andare!

Ore 11: 56

Stavano ispezionando il casottino dietro allo Stadio dei Pini, quando Rizzo disse:

- Ma... Ispetto', la vecchina ha parlato di una casa di pesca, ma quando Anna De Felice ha parlato della casetta nel bosco, ha parlato anche di un lago.

Fu decisamente un'illuminazione per il Luca, come aveva potuto trascurare un particolare così evidente: il lago, non il mare! L'aveva distolto l'abituale luogo comune, dettato dalla propria passione, per il quale pesca voleva dire mare, facendogli completamente ignorare quell'importante particolare: il lago.

- I Rom sono accampati nei pressi della "Bufalina", vicino al lago. La vecchia zingara se può sapere qualcosa è perché ha visto qualcosa, lì, vicino al lago. Una bilancia abbandonata, ecco dov'è: nel capanno di una bilancia abbandonata, alla Bufalina! Cazzo, - urlò trionfante il Luca. - La vecchia bilancia di Mario!

Ma, come ho fatto a non pensarci? Rizzo, sei un fenomeno! Io prima o poi ti sposo! Corri, dobbiamo andare alla Bufalina!

Ore 12: 08

Arrivati sotto il ponte dell'Autostrada lasciarono la macchina e proseguirono a piedi. Rizzo intanto aveva chiamato Tyson, dicendogli di convergere lì.

L'Ispettore Vannucci e il Sovrintendente Rizzo varcarono il cancello sotto il ponte dell'autostrada, sul lato sud del fosso della Bufalina, il campo nomadi si trovava invece sul lato a nord. Proseguirono lungo la stradina che introduceva nella pineta, sempre costeggiando il canale. Arrivati all'altezza dei vecchi hangar dell'idroscalo, i due si divisero.

C'erano diverse bilance di pesca nel tratto compreso tra la bocca della Bufalina e per tutto il fosso dell'hangar, l'altro canale che tagliava nel lago in direzione perpendicolare alla Bufalina.

Il Vannucci si diresse a nord, mentre Rizzo andò a sud, entrambi pistola nella mano.

Capitolo 37

L'inizio incontra la fine.

Anna la teneva per i polsi, inchiodata alla parete; Laura si dimenava, cercando di liberarsi.

- Lasciami schifosa, - provò a gridare Laura, con voce strozzata.

- Lasciami!

La ragazza faceva fatica a respirare, la faccia di Anna premuta sulla sua. Anna era più alta e più forte di lei e, nonostante Laura avesse in corpo la rabbia di un leone in gabbia, non riusciva comunque a liberarsi, né tantomeno, ad allontanarla da sé.

- Stai calma, non devi aver paura, - disse la donna, quasi sussurrando. - Non ti voglio fare del male. Voglio solo abbracciarti.

Gli occhi di Anna erano di fronte ai suoi, così vicini come mai Laura avrebbe pensato di vederli; Anna ansimava, mentre la spingeva contro la parete di legno della baracca; Laura sentiva il suo respiro mischiarsi con il proprio, le labbra di Anna erano quasi a contatto con le sue, tirate leggermente ai lati in un sottile sorriso che nulla aveva di malvagio, piuttosto qualcosa che somigliava di più a una sorta di tenerezza... di amore.

Non era il viso che per tutti quei mesi Laura aveva immaginato e desiderato, il viso dolce con il quale aveva cavalcato i più audaci e impensabili sogni, era qualcosa di completamente diverso, strano, ma allo stesso tempo familiare: come se quella faccia lei l'avesse conosciuta da sempre, come se quel momento fosse stato scritto nel suo destino da sempre.

Il lago era una tavola, non c'era un filo di vento, Luca sudava.

Tra le fronde dei lecci s'intravedeva la vecchia bilancia di pesca abbandonata: era una catapecchia di legno con il tetto in lamiera, oramai tutto arrugginito. La parte che una volta sporgeva sul lago, sopra a delle palafitte, era in pratica tutta crollata, restavano solo dei pali di legno che uscivano dall'acqua con pezzi di tavole ancora appese; dal comignolo di lamiera sopra il tetto usciva del fumo.

Luca cominciò ad avvicinarsi con circospezione. Mise cautamente un piede sulla passerella di legno che conduceva alla baracca, saggiandone la tenuta e soprattutto lo scricchiolio. Avanzò un piede per volta, sempre con la pistola stretta fra le due mani.

Dall'interno arrivavano rumori sordi, come se qualcuno sbatacchiasse contro il legno di cui era fatta la baracca.

Luca si trovava ormai a meno di cinque metri dal gradino che conduceva al piano mezzo diroccato su cui sorgeva la catapecchia: lo starnazzo di un'anatra lo fece sussultare, aveva il cuore in gola; temeva che da un momento all'altro la porta della baracca si sarebbe aperta... e chi si sarebbe trovato davanti? Laura o Anna?

Il rumore all'interno della baracca si fece sempre più forte, adesso gli sembrava di sentire anche delle voci confuse, come se qualcuno all'interno stesse lottando.

Approfittando del rumore e oramai convinto di non poter perdere altro tempo, accelerò il passo. Si trovò davanti alla porta di lamiera e legno della baracca, tirò su un respiro forte che gli sembrò durare un'eternità, poi sferrò un potente calcio con la gamba destra alla porta, che si spalancò.

L'ispettore Vannucci e Anna De Felice erano entrambi in piedi con la pistola puntata, l'uno verso l'altra, all'altezza del viso. Laura era rannicchiata nell'angolo sinistro della stanza, tremante, che fissava la scena.

Il Vannucci si spostò lentamente, continuando a tenere la donna sotto tiro e si piazzò tra Anna e Laura, con quest'ultima alle sue spalle, per meglio proteggerla. Teneva la pistola con due mani, mentre Anna, con una teneva l'arma e con l'altra una piccola tanica senza tappo, dalla quale fuoriusciva un intenso odore di benzina. Alle spalle di Anna c'era una stufa di ghisa con la finestrella di carico aperta e sopra un pentolino con qualcosa dentro che cuoceva.

- Benvenuto, Ispettore! Vedo che non ha resistito alla tentazione di partecipare anche lei alla festa.

Anna era alta quasi quanto il Vannucci, magra, slanciata, indossava un paio di jeans e una maglia nera, leggera, aderente, che la copriva fino al mento; il collo era lungo e il viso leggermente squadrato, ma armonico, aveva i capelli corti e neri, di un nero quasi corvino; gli occhi erano azzurri, il suo sguardo intenso e profondo, il naso importante e leggermente adunco, anche se non grandissimo.

Una figura indubbiamente ambigua e affascinante. Fu però la sua voce, più di ogni cosa, a chiarire al Vannucci come Laura fosse potuta cadere, così sinceramente e ingenuamente, nella trappola di Anna: era una voce di tonalità bassa e leggermente scura; adesso che Luca sapeva da chi proveniva, la sentiva come una bellissima e profonda voce di donna, ma chiunque, potendola solamente ascoltare, l'avrebbe potuta facilmente scambiare per una suadente e sensuale voce maschile. In ogni caso, una voce che dava i brividi, nel bene e nel male.

- Butta la pistola, Anna, - disse l'Ispettore, fissandola dritta negli occhi e continuandola a tenere sotto tiro. - Ormai è tutto finito.

- No, non è ancora finita, Ispettore. Lei non ha ancora visto tutto: il gran finale deve ancora arrivare!

- Non fare cazzate, la zona è completamente circondata, - continuò il Vannucci, voltando la testa leggermente verso Laura, senza però staccare gli occhi di dosso ad Anna. - Tutto bene Laura?

Laura, in evidente stato di shock, riuscì a malapena a sussurrare un debole 'sì'.

- Via, Ispettore, tanto lei non sparerà; non è capace di uccidere. Lei è una brava persona, può ancora andarsene e lasciare che si compia il destino. Io non ho niente contro di lei, anzi, se devo essere sincera io la ammiro. Lei è una persona intelligente e non c'entra niente in questa storia. Se ne vada, Ispettore, se ne vada, lei non può far niente, - disse la donna con un tono inaspettatamente tollerante e rassicurante.

- Perché? - Chiese il Vannucci, ignorando quanto lei aveva detto e continuando a fissarla con una crescente e strana sensazione dentro.

- Perché?! Perché Laura mi appartiene, perché è mia!

- Anche se questa non fosse la volontà di Laura?

Luca avvertì lo sguardo di Anna penetrarlo sempre di più, senza un briciolo di rispetto, mentre lui stava disperatamente cercando quel qualcosa nei suoi occhi che aveva da subito intravisto, ma che non riusciva ad afferrare.

- E chi glielo ha detto che Laura non lo voglia?

- Ma, perché tutti quei morti, perché? Che bisogno avevate?

- Avevate? Ispettore, non mi dica che è ancora convinto che la mia famiglia c'entri qualcosa...

- Vuoi dire che hai ucciso, - chiese ancora il Vannucci, rendendosi conto di cominciare lentamente ad affogare negli occhi della donna e di continuare a non capirne il motivo. - Hai ucciso tutte quelle persone, solo per infamare la tua famiglia?

- Se lo meritavano, glielo dovevo... come ho fatto? Sta pensando a questo, vero, Ispettore? Per me non è mai stato difficile in questi anni entrare e uscire dalla casa dei miei genitori, a loro insaputa prendere quello che mi serviva e studiare i momenti giusti, affinché loro potessero essere, diciamo... più vulnerabili. Mi capisce, no, Ispettore?

- Già, senz'alibi e per imbrogliare meglio Laura, hai registrato anche le loro voci.

- Un bel lavoro, vero? Non solo le ho registrate, ma le ho anche ricomposte affinché potessero dire quello che io volevo... un programmino di editing vocale scaricabile da internet, et voilà, il gioco è fatto, - rispose Anna. - Ho solo commesso un piccolo errore con il primo omicidio: non potevo immaginare che il mio amato fratellino Andrea finisse all'ospedale proprio quella sera. L'avessi saputo, ora quel ragazzo sarebbe ancora vivo... mi dispiace.

- Ma, perché te la sei presa con tutti e non con tuo fratello Antonio?

- Perché? Perché lui non centra niente, anzi lui non lo avrebbe mai permesso... se ne andò di casa a diciott'anni, dopo l'ennesima litigata con mio padre. Antonio voleva studiare: amava il mare, mentre mio padre invece pretendeva smettesse gli studi, andasse a lavorare e portasse uno stipendio a casa. Antonio era diverso e poi... poi non c'era più, era già andato via.

- Non avrebbe mai permesso cosa? Era andato via prima di che cosa?

Il Vannucci incalzava Anna, cercando di capire e contemporaneamente di prendere tempo.

- Già, lei vuole sapere... vedo che sta guardando le mie mani Ispettore, immagino si stia chiedendo cosa mi sia successo, - continuò la donna, con un tono di voce decisamente diverso. - Una volta, solo perché mi rifiutai di fare... una cosa a mio fratello Andrea, mio padre mi costrinse a mettere le mani sopra il fuoco del caminetto; voleva che capissi una volta per tutte che avrei dovuto sempre e solo ubbidire, perché ero una donna e perché così doveva essere!

- Se tuo fratello Antonio hai detto che era diverso, perché non gli hai chiesto aiuto?

- Perché... perché non è facile dire certe cose, Ispettore.

- Dire cosa? Che tuo padre ti torturava? Era così difficile parlarne con tuo fratello, o denunciare tutto alla Polizia? Ah, capisco, e così ora vuoi distruggere tutto col fuoco... tu e Laura? Così è più facile, vero Anna?

Luca fece un cenno di riferimento alla tanica di benzina, che Anna teneva ancora salda nella mano sinistra.

- Uh! L'Ispettore ha già scritto il finale, - rispose Anna, riprendendo il tono di voce iniziale. - Il fuoco... già. Lo sa, Ispettore, che il fuoco non è soltanto un elemento distruttore, ma purifica? Il fuoco distrugge solo quello che deve distruggere, la parte cattiva della vita, liberando le anime prigioniere, infettate e sporche. Lei è saltato all'ultima pagina, Ispettore, ma... ha veramente capito tutto? Ha capito il perché?

Ci fu un attimo di silenzio, dove restò nella stanza soltanto lo schioppettìo proveniente dalla stufa, dopodiché, Anna continuò, ma con un tono molto più basso, più incerto, che tradiva un sottile ma evidente imbarazzo per quello che stava per dire.

- Avevo quattordici anni quando mio padre cominciò a... a violentarmi. Dapprima da solo, poi volle che assistesse anche mio fratello Andrea: doveva guardare per fare esperienza. Esperienza con la zoccola di casa! Ad Andrea divertiva molto la cosa, fui costretta così da mio padre a fare delle cose anche a lui, fra i risolini di entrambi e la mia vergogna. Tutti i loro amici lo sapevano, mio padre e mio fratello se ne vantavano con tutti, senza perdere mai l'occasione di scendere anche nei particolari. Ben presto alcuni dei loro amici, stuzzicati dalla sadica provocazione di mio padre e dalla curiosità, chiesero e ottennero di unirsi al branco. Io diventai, così, l'oggetto di divertimento di quasi tutto il quartiere. Anche mia madre lo sapeva, ma faceva finta di niente, soprattutto quando cominciarono a girare soldi... allora sì che diventò cieca, sorda e muta. Se ne interessò solo... solo quando restai incinta. Fui chiusa in casa per nove mesi: la cosa doveva rimanere segreta. Il bambino mi fu tolto quasi subito, fu fatto sparire, ebbi solo il tempo di sapere che... che era una bambina.

Nella testa di Luca cominciarono a riavvolgersi velocemente, come un nastro magnetico, esperienze e ricordi. Quegli occhi azzurri stavano ora divenendo limpidi come l'acqua e, attraverso di essi, Luca cominciava a intravedere qualcosa, qualcosa d'inquietante.

- Comincia a capire, vero, Ispettore?

La voce di Anna era dolcemente stanca, aveva il tono di chi è arrivato finalmente alla fine di qualcosa, di chi si è tolto finalmente un macigno di dosso.

- Quegli occhi! Ecco cosa avevano di familiare quegli occhi! - Pensò Luca.

Ora stava tutto ricomponendosi, i tasselli di quel puzzle, sparsi dappertutto in maniera disordinata, adesso stavano magicamente ritrovando, all'improvviso, il proprio posto.

- No, non può essere! Tu, - disse con terrificata meraviglia il Vannucci. - Tu hai gli stessi occhi, lo stesso sguardo di... Laura! Laura è tua figlia!!!

Anna sorrise, alzando il braccio con il quale teneva la tanica di benzina e avvicinandolo nel contempo alla stufetta accesa.

- Avanti Ispettore. Adesso tocca a lei. Se veramente vuole salvare Laura, mi spari. Lo faccia altrimenti darò fuoco a tutto e nessuno potrà mai più separarci. È la sua ultima occasione, Ispettore. Prema il grilletto... la prego!

Lo sparo echeggiò per tutto il padule. Gli uccelli si alzarono in volo, Luca sentì un forte dolore alla schiena, un altrettanto calore e poi freddo, dappertutto. Continuò a fissare Anna: anche lei lo guardava, con uno sguardo dolce di compassione.

Luca abbassò lentamente le braccia, fino a portarsi la pistola sulle gambe, con la canna rivolta verso terra; si voltò lentamente, cercando Laura. Laura era seduta per terra con le ginocchia tirate su fino al mento, accanto a lei c'era il suo zainetto aperto, fra le mani teneva una pistola dalla quale fuoriusciva un leggero rigo di fumo; Laura lo guardava intensamente, anche lei con uno sguardo tenero, che implorava perdono. Luca si voltò di nuovo verso Anna ma le sue gambe vacillarono, cadde in ginocchio proprio di fronte alla donna che nel frattempo aveva anch'essa abbassato la pistola.

Continuò a fissarla ancora negli occhi, questa volta dal basso verso l'alto, dal punto di vista di chi sta perdendo. Faceva fatica a respirare, sentì sapore di sangue in bocca, gli venne da tossire, gli occhi di Anna si facevano sempre più sfocati, indefiniti. Tutto stava sbiadendo, tutto sembrava si allontanasse.

La testa si fece pesante, talmente pesante che si chinò da sola verso il basso, il pavimento di tavole non c'era più, tutto non c'era più.

Un colpo di tosse, un altro e poi... il buio.

Capitolo 38

Qualcuno stava dormendo rumorosamente sopra una poltrona bianca, dietro di lui una finestra dalla quale entrava troppa luce che rendeva tutto inguardabile. C'era qualcun altro nella stanza che parlava, qualcuno che però da quella posizione non riusciva a vedere, sembravano un uomo e una donna.

- Poverino... non si è mosso di qui da quando hanno portato il suo collega. Sono tre giorni ora, deve esserci parecchio affezionato, - disse la donna.

- Pare gli abbia salvato la vita, - rispose l'uomo. - Dice che l'ha tirato fuori lui dall'incendio.

Luca aveva la testa che gli faceva male, ma soprattutto la schiena. Non sopportava più di stare in quella posizione. Provò a girarsi, ma un dolore lancinante alle spalle lo fece rinunciare.

- Si è svegliato, - disse la donna, con voce concitata. - Chiama subito un dottore!

Si svegliò anche la figura in controluce che dormiva sulla poltrona.

- Ispetto'! Ispetto'! S'è sveglio, Ispetto'?

- Si dice: 'si è svegliato', razza di zulù, - rispose con voce ancora debole Luca, riconoscendo la voce di Michele. - E poi non urlare, che mi fa male la testa.

- Ispetto', - disse il sovrintendente Rizzo, vistosamente felice di rivedere il collega. - Abbiamo avuto paura che non ce la facesse!

- Com'è che sono qui? Non riesco a ricordare molto: lo sparo... e poi?

- E poi... è preso tutto fuoco, - rispose Rizzo. - Sono arrivato appena in tempo per tirarla fuori. Comunque, non ci stia a pensare adesso. Lo sa? C'è anche Silvia, è scesa un momento a prendere qualcosa da mettere sotto ai denti. Dice che devo mangiare, sennò mi deperisco.

- Per comprarti da mangiare a te, deve passare allora prima in banca, - commentò Luca, abbozzando un sofferente sorriso. - Ah, Rizzo?

- Mi dica, Ispetto'.

- Laura?

- Laura... non ce la fatta, Ispetto'. C'è rimasta, assieme alla De Felice.

Ci fu un lungo momento di silenzio che fu interrotto solo dall'arrivo dei dottori.

- Buon giorno Ispettore Vannucci! Vedo che ci siamo risvegliati. Lo sa? Si può dire che lei è un uomo doppiamente fortunato, - disse il Dottor Biancalana, osservando la cartella clinica del paziente. - La prima volta: quando il proiettile ha letteralmente lisciato la colonna vertebrale, fuoriuscendo senza fare troppi danni. La seconda volta: quando è arrivato in tempo il suo collega, prima che il fuoco riuscisse in quel che la pallottola aveva fallito. Non si può certo lamentare, Ispettore.

- E chi si lamenta... stavo giusto ballando un tip tap dalla contentezza, se lei non mi interrompeva. Va beh, piuttosto quando mi lascerete andare via?

- Quanta fretta, cos'è si trova così male qui da noi? Abbiamo anche delle belle infermiere...

- Sapesse quanto mi possono interessare le sue infermiere in questo momento, Dottore. Senza offesa, eh.

- Ho capito, lei c'ha già la sua infermiera personale, vero? Mi hanno detto che una bella ragazza è venuta tutti i giorni a farle visita. Hai capito l'Ispettore, - commentò il Dottore, sorridendo.

- Vedrà, un po' di riposo e tornerà in pista come nuovo. Ci vediamo Ispettore Vannucci! Non si affatichi troppo.

- Va beh, rinuncerò alla danza; ma lo faccio solo perché me lo ha chiesto lei. Arrivederci Dottore!

Il Dottor Biancalana uscì dalla stanza assieme al suo seguito, lasciando Rizzo e il Vannucci di nuovo soli.

- Ispetto'?

- Sì? - Rispose il Vannucci accennando una smorfia di dolore.

- Ma... come ha fatto a farsi sparare alle spalle?

- Te la faccio prima io una domanda, Rizzo: l'hanno ritrovato il proiettile?

- No! E non credo che lo troveranno facilmente, ha trapassato la lamiera della baracca finendo chissà dove, magari proprio nel lago. E poi il fuoco ha fatto esplodere tutti gli altri proiettili e tutto è crollato giù in quel pantano; diciamo che... cercare quel proiettile, sarebbe come cercare un ago in un pagliaio. Ma perché lo volete sapere, Ispetto'?

L'Ispettore Vannucci restò un attimo in silenzio, poi rispose:

- Perché una pallottola può ammazzare anche due volte. Lo sapevi questo, Michele? È meglio, quindi, che resti lì dov'è, in fondo al lago.

Rizzo tentò di replicare, quando entrò il Commissario Giusti:

- Ispettore! Vedo che sta meglio, - disse il Commissario, lasciando una evidente pausa prima di ricominciare. - Le devo dare atto che... aveva ragione, sì, - dichiarò tagliando corto il Commissario. - Si riposi. Appena si sarà ristabilito mi farà rapporto completo, lo inoltrerò così alla Procura e... stia tranquillo, in ogni caso: lei ha agito sotto la mia completa e totale supervisione.

- Grazie, Commissario, - rispose il Vannucci, senza la voglia né le forze necessarie per fare della polemica.

- Mi stia bene, Ispettore.

- Anche lei.

Senza troppe altre cerimonie, il Giusti uscì.

- Li mortàcci... hai capito il Giusti? Con la scusa di essere umano e comprensivo nei suoi confronti, ci rimedia pure una bella figura. Anvèdi 'sto sorcio!

- Michele?

- Sì?

- Lascia perdere, va bene così.

- Come, va bene così? E poi cosa voleva dire con la storiella del proiettile che uccide due volte? Ispetto', non la seguo, - affermò disorientato Rizzo.

- Volevo dire che il nostro lavoro finisce qui. Rilascerò giusto una deposizione dove scagionerò la famiglia De Felice, indicando come unica responsabile, ideatrice ed esecutrice dei delitti, Anna De Felice. Lascio poi ai profilers, o come cazzo si chiamano, il compito di chiarire il movente.

- Ispetto'! Ma...

- Sta buono, dai, magari un giorno ti racconterò tutto. A proposito, Michele?

- Che c'è, Ispetto'?

- Luca, mi chiamo Luca e... grazie, Miché.

"Filosofie"

- Ledàaa!... Oh, Léda!

- Che c'è, Beppe?

- Ma, l'hai sentito il telegiornale?

- Quando? Ieri sera?

- Sìii, m'hai sentito un po' pohìno che lavori?

- Delapòvera, sì. Ma la gente 'un è miha normale, Beppe!

- Ma sò 'na sega io, oh Leda... e si vede che col bùho dell'orzono e tutti vesti cambiamenti crimàtici, nì ci sarà cresciuto i pioppìni nella testa della gente. Oh, ché ti devo di'?

INDICE

Collana ARTEMIS

Le opere degli autori emergenti e le prime opere di autori più affermati.

Artemis (o Artemide) è la divinità collegata alla Luna Crescente e a tutto ciò che è selvaggio e fuori dalla città; il nome della collana vuole essere un augurio per una crescente fama agli autori e rappresenta il coraggio di questi per far "uscire dal cassetto" il loro lavoro, portandolo nella giungla del mondo editoriale.

Scopri la Collana ARTEMIS e le altre collane Eclypsed Word Publishing:

https://goo.gl/kRK4Np

Nella stessa Collana

"Appena le spire di Morfeo allentarono la presa, il dolore si fece sentire immediatamente. [...] Il ricordo delle disavventure incontrate nel suo cammino attraverso il Mare Salato risalirono dalle sponde fino alla sua mente, devastanti, come era devastante la sua situazione attuale".

Un marchio sulla mano destra, antiche profezie, gli insegnamenti del Maestro, la protezione di Horud il Gigante che l'accompagnerà nella sua rischiosa avventura, avversari inquietanti, deserti e paesaggi sconfinati, nei quali domina solo la distruzione e l'oppressione del più debole... tutto questo e molto di più fa da sfondo alla storia di Asha: una ragazza speciale, con poteri straordinari, che lotta per la salvezza del suo Regno e di tutti i popoli.

Ma chi è davvero Asha? Perché proprio a lei spetta tanto dolore?